L'UNIVERS GULLIVER

Lili Gulliver

L'univers Gulliver

roman

1. P A R I S

ÉDITION DU CLUB QUÉBEC LOISIRS INC.
© Avec l'autorisation des Éditions VLB Éditeur & Lili Gulliver, 1990
ISBN 2-89005-395-4

REMERCIEMENTS

J'ai eu des amis, des amants, qui m'ont fait du bien. Mais si je les ai casserolés un peu, j'aimerais leur prouver ici ma reconnaissance. Ce livre a donc été rendu possible grâce à:

- Alain Dugléré
- Bruno Meringue
- Dieter Frankfurt
- François La Truffe
- Hervé Lavolaille
- Jean Croque Lamoule et Narcisse Lagalette
- Jean-Pierre Godiveau
- Jo Ravioli
- Kosta Feta
- Pierre Pomme
- Mark Goodcooking
- Sergio Baloné
- Trévor Butter
- et Linda Bordenouille qui en a vu, elle aussi, à toutes les sauces.

Et j'en saute et j'en ai sauté.

Quand je pense qu'il y a des filles qui voient les hommes comme des bêtes féroces prêtes à les dévorer... moi, je les vois plutôt comme des petits choux qui vont se faire cueillir.

Préface

Ce qu'on pourrait reprocher à ce livre me fait rire. Naïf? Banal? Superficiel? Tout cela est exact, ou semble l'être. Mais la question n'est pas là.

Je n'ai jamais rien lu de semblable, ni ici ni ailleurs. Ce n'est ni du Xaviera Hollander, ni du Pauline Réage, ni du Alina Reyes, ni du Anne Dandurand. Et pourtant, ce singulier ouvrage est là, entre vos mains: un livre de cul, drôle, écrit par une femme. Une auteure espiègle et directe qui allège ce qui est trop souvent, pour une femme, extrêmement lourd. Non, Lili Gulliver n'a pas le sexe triste...

Ou pesant. Ou fade. Normal: c'est une petite futée au cœur tendre et à la cuisse légère. Avez-vous déjà vu pareille combinaison? Enlevez le «cœur tendre» et on n'est pas loin du salace gratuit. Enlevez la «cuisse légère», et on est pratiquement dans le roman Harlequin. C'est l'alliance des deux qui donne au récit ce ton si particulier.

Lili Gulliver n'est pas, il va sans dire, ce qu'il est convenu d'appeler une «intellectuelle». Elle pratique sa propre forme de lucidité. Pour elle, en effet, la lucidité est une question uniquement sexuelle. Soyez lucide dans cette région, semble-t-elle nous dire, et le reste suivra. Une vie d'écarts, de libertés et de transgressions a rendu cette fille légère. Tant mieux pour nous.

Quelque part entre Bukowski et Madonna, à mi-chemin entre Mitsou et Dany Laferrière, Lili Gulliver a entrepris de nous livrer sa propre version des «Chemins de la liberté». Et comme chaque fois que cela se produit, dans la mesure où nous assumons les nôtres, cela ne peut que nous concerner. Puritains austères, techniciens pointilleux et bien-pensants grincheux, un petit sourire... vous n'en mourrez pas.

MICHEL DUMAS

Toute femme ici-bas demande
Ou la richesse ou la grandeur
Moi je dis que l'homme qui bande
A seul quelque droit sur mon cœur.

Chanson de salle de garde
Le plaisir des Dames

On dit que la diversité exerce la curiosité. Vous serez ravi. Ceci est un roman, toute ressemblance avec la réalité est purement fictive, hélas!

Chapitre premier

Longtemps j'ai rêvé d'exotisme et d'aventure. Ce matin, c'est clair comme de l'eau de roche, je pars à l'aventure. Ma situation est idéale: libre, encore jolie, sans attaches, enfin, presque. Je peux m'exprimer en trois ou quatre langues et plusieurs gestes. Je suis débrouillarde, plutôt chanceuse dans la vie, et financièrement à l'aise, surtout grâce aux huit mille mignons petits dollars que j'ai encaissés de la pyramide récemment. Les orteils me démangent, je ne tiens plus en place.

J'ai téléphoné aux copines: Coucoune, Mariloup, Miss Miou et Lolo reine – respectivement amis, voisines et complices confidentes – pour leur faire part de ma décision de lever les voiles.

– Ah! non! vache chanceuse, tu ne peux pas nous faire ça, s'exclament-elles.

Affirmatif! Je les invite vendredi soir, huit heures, pour un dîner d'adieu.

Vendredi, elles arrivent, avec bouteilles, fleurs et chocolats (comme si j'allais accoucher). Elles sont énervées comme des puces. Nous avons du cham-

pagne et du vin, de la salade, les fameux spaghet-
tis *à la Lili* et des gâteries pour le dessert. Les bulles
et la bonne humeur coulent à flot. Nous voilà parties dans le grand délire, chacune projetant, à travers mon départ, ses fantasmes de liberté.

– Chanceuse, va! s'exclame la dévoreuse Mari-
loup. Le tour du monde, Lili, tu te rends compte?
Français, Anglais, Italiens, Grecs, Australiens. Oh!
quelle chance inouïe! Imagine les Italiens du Nord.
Bellissimo, avec des bouches à faire des sérénades
et *tutti quanti*... Ça, c'est des vrais!

– Ah! gémissent-elles en cœur, on t'envie tellement. On a tellement besoin d'aventures, d'exotisme, de soleil et de mer. Voyager, le rêve!

Et voilà sexy Lolo, qui s'imagine en maillot
string sur les plages d'Australie.

– Lili, les Australiens, ça c'est du sport, je le
sens.

– C'est un pays d'hommes grands, musclés,
sportifs, forts.

Transportée dans son fantasme, Lolo se lève
et rajoute:

– Et sur le sable dorée de la plage déserte, il
la posséda... Schui! schui! Entendez-vous le bruit
des vagues?

Elle est en pâmoison. Je ne voudrais pas la
décevoir, mais lorsqu'on sait que les hommes les
plus riches d'Australie sont des éleveurs de mou-
tons, on peut facilement s'imaginer leur haut niveau
intellectuel... M'enfin, Lolo est une sportive, pas une
intello. Elle se contente de joies simples, comme les
trois S: *Sea, sex and sun.*

Miss Miou, ma jeune voisine naïve qui rêve toujours, a de multiples princes charmants. Elle me suggère d'aller en Allemagne, elle est même prête à me refiler l'adresse du beau Hans, un Allemand qu'elle avait rencontré au Thursdays pendant les Olympiques. Malgré son accent caverneux, ce beau grand spécimen germanique était un super bon coup.

— Si tu passes par Berlin, lâche-lui un coup de fil. Après tout, c'est un coureur olympique. Il a du souffle et de l'endurance, c'est bon pour toi, Lili.

— Mais non, d'enchaîner Coucoune, ma meilleure amie, une artiste à l'âme poétique. Pour Lili, c'est la France. Les Français sont de chauds lapins, pleins d'humour et d'amour pour les bonnes choses de la vie. Un peu comme toi, ma cocotte. Ils aiment le vin, la bonne chère et ils ne sont pas manchots de la langue, dans les deux sens du mot. Imagine-toi un instant sur la Côte d'Azur, les seins nus, admirée de tous. Le rêve, quoi!

Ah! les salopettes, elles ne pensent donc qu'à ça! Je leur annonce que je vais faire le tour du monde et de qui parle-t-on? Des habitants mâles de la planète. Sacrées femelles! On n'est pas copines pour rien. On voit bien qu'elles me connaissent.

J'oublie toutes leurs suggestions. Mes amies sont des bavardes incorrigibles. Je ne voudrais pas qu'on se méprenne sur le compte de ces mignonnes, elles sont ainsi faites. Dès qu'un mâle morphologiquement bien membré minaude à l'horizon, elles mouillent leurs culottes. Les grandes eaux,

Versailles, les chutes de Iguaçu et du Niagara peuvent aller se faire embouteiller!

Pourtant elles savent bien qu'il n'y a pas que la queue dans la vie... Bien sûr, il y a les couilles et le poil...

Pour elles, c'est comme si j'allais vivre un conte de fées sexuel. Lili au pays des merveilleux, ou Lili Baba et les quarante violeurs. Elles m'imaginent en Blanche-Neige et les sept petites mains. À condition de ne pas me taper le Petit Poucet! et quitte à me retrouver assise sur le visage de Pinocchio, je veux bien me livrer à leur imagination, mais j'aime mieux l'histoire de la Belle au bois dormant et du Prince très Ardent ou encore l'histoire du Petit Chaperon rouge des temps modernes qui sort avec son Big Mac et son balladeur et qui rencontre le grand méchant loup. Ce dernier dit au Petit Chaperon rouge: «Petit Chaperon, j'aimerais bien te faire un bisou.» Sur ce le Petit Chaperon rouge s'empourpre et réplique au vieux méchant loup: «Eh! toi, ne change pas le scénario: mange-moi!»

Bref, on a beaucoup ri, beaucoup mangé, beaucoup bu. Au dessert, ce fut l'orgie de classe internationale: un franco-suisse, une tête de nègre, un brillant savarin, un congolais... On s'est tout farci! Nous avons déconné jusque très tard dans la nuit, en nous demandant: «Les Suisses suissent-ils?»

Chapitre II

«Il en faut beaucoup pour changer la réalité en rêve, mais il n'en faut pas beaucoup pour changer le rêve en réalité.»

MORAVIA

Partir, mon rêve devenu enfin réalité!

Sur un coup d'imagination, mêlé à un désir d'indépendance avec un goût d'aventures, j'ai quitté Montréal un beau matin de la fin de l'été indien.

J'ai braillé comme un veau quand j'ai fait mes adieux aux copines, parce que je ne les reverrai pas de sitôt. À peine assise, je me retourne vers le hublot. En pensée, j'appartiens encore au sol lorsque nous décollons; je lance un dernier regard vers mes amies, des fourmis qui agitent des mouchoirs rapetissant sous les ailes de l'insecte volant alors que la grande cigale Lili Gulliver s'éloigne.

J'éprouve un moment de frisson quand la grosse bête colle ses pattes contre son ventre, juste après le décollage. Puis je retrouve mon euphorie dans les effluves du Rémy Martin. Trois, quatre verres plus tard je m'endors, après la projection des «Aventuriers de l'Arche perdue». J'ai dormi jusqu'à ce qu'un charmant hôte de l'air m'offre un jus d'orange et un croissant. L'avion perd de l'altitude et va bientôt se poser à Paris, dont on aperçoit les petits toits rouges à travers les nuages. Je me sens dans la peau d'une aventurière internationale.

Un douanier noir me souhaite la bienvenue en France. Un chauffeur de taxi algérien me dépose rue Victor-Hugo dans le XVIe arrondissement. Un concierge asiatique m'aide à porter mes valises chez ma copine Linda qui m'accueille chaleureusement.

C'est avec la meilleure humeur du monde que nous nous attablons pour déjeuner devant un bon verre de sirop de vigne local tout à fait délicieux, une baguette de pain très français, des fromages et du jambon.

Avec Linda, c'est la joie des retrouvailles. Nous sommes bien contentes de nous revoir, après deux ans. On se remémore les confidences du passé, heureuses du moment présent et des complicités futures. On s'amusait bien quand elle vivait à Montréal, et aujourd'hui, nous nous promettons encore de bonnes rigolades. Linda s'empresse de me dire qu'elle possède une moto et que pour la drague, c'est dément... Elle a plein de copains restaurateurs qui vont être tout à fait ravis de nous sustenter.

– Tu verras, ma grande, ce n'est pas triste, Paris!

Je n'en doute pas. Après cet agréable petit gueuleton, je vais me taper un petit somme, afin d'effacer le décalage, d'autant plus que ce soir, attention, nous sortons.

❏

Ma copine *made in France* et moi – plus rousse qu'un automne québécois, beaucoup plus sexy qu'une crêpe au sirop d'érable et en pleine forme, poussez-vous, les mecs, ça décoiffe quand je passe! – décidons d'aller *Chez Castel*, histoire de renouer avec les vieilles traditions françaises. Depuis qu'on me parle de *Castel*, je suis jaunement curieuse.

– C'est super sélectif à l'entrée: pour membres et gens parrainés seulement, m'explique Linda. Je connais bien quelques parrains. Il n'y aura qu'à jouer la French Connection.

Nous repérons ladite porte au 15, rue Princesse. Il y a un petit groupe de mondains refoulés qui piétinent devant l'entrée; une dame guichetière avec une bouche en cul-de-poule et des yeux de renard s'enquiert de nos pedigrees. Comme la dame inquisitrice s'adresse à moi qui ai omis de mentionner les parrains-copains-machins, sans broncher, je lui glisse mon joli nom de Gulliver, Lili dans la langue de Shakespeare; ce qui paraît impressionner la contrôleuse, *because* elle cause pas *English*. Elle me regarde, je lui retourne mon plus beau sourire tranche de *cheese* et pardon, messieurs-dames!... Nous pénétrons dans le monde sélect comme dans du beurre mou.

À l'intérieur, ça sélectionne encore. *My Lord* que c'est snob! N'importe qui ne parle pas à n'importe qui, sauf moi! Pendant que ma copine s'exécute sur la piste de danse, je me dirige droit vers le bar. Un monsieur, assez mûr mais élégant, boit seul une coupe de champagne devant une bouteille presque pleine. Il me dévore des yeux.

— Bonsoir, lui dis-je.

— Bonsoir, répète-t-il. Il me semble ne vous avoir jamais vue par ici, mademoiselle?

— Lili, Lili Gulliver. Oui, c'est la première fois que je viens faire un tour par *icitte*.

— Ah bon! Étrangère en plus, et comment aimez-vous l'endroit?

— Bien, je trouve ça plutôt folklo. Pour vous dire franchement, je ne pensais pas que c'était aussi ordinaire, *Chez Castel*.

— Ah bon!

— Ben oui, quoi, c'est *quétaine icitte*, la musique, le décor, le monde...

— Comment dites-vous?

— Q.U.É.T.A.I.N.E., que je lui épelle.

Étonné, il dépose son verre sur le zinc.

– Je peux goûter à votre pétillant? Le service est tellement lent...

Je lui siffle son verre. Il m'en offre un autre.

– Pardon, mais vous êtes suisse ou belge?

– Québécoise!

– Et pardonnez-moi, mais *quétaine*, ça veut dire quoi, au juste?

Comme je vais le lui expliquer, Linda, les yeux grands comme des *trente sous*, me fait signe de la rejoindre. Je m'excuse deux minutes.

– Tu sais qui c'est le type avec qui tu causes?

– Non???

– C'est Jean Castel, le patron!

– Ouille! ouille! T'es pas une lumière de cent watts ce soir, Lili!

Si jamais vous allez chez Castel, n'oubliez pas que *quétaine* veut dire magnifique! Et vous rajouterez aussi que vous êtes des amis de Lili, la *quétaine* de Montréal.

Enfin, vers quatre heures du mat, un parrain-copain de Linda nous propose l'Aventure.

Mais l'aventure, c'était pas l'aventure!

Just another bar! Genre mafiosi tranquilles et nanas d'occase qui se retrouvent sur une piste de danse miroir, cernée de fauteuils moelleux, très moelleux, où j'ai failli m'endormir pendant que Linda se laissait peloter gentiment par son copain. Nous sommes rentrés vers les six heures, dans cette ville fascinante, Paris, à l'heure où les lumières s'éteignent, comme moi.

❑

Je vous le jure, la moto, c'est tout simplement génial pour draguer. Poussez-vous les mecs, les angéliques infernales sont en cavale!

Telles deux belles météores, toutes de cuir vêtues, nous chevauchons Paris sur une belle Honda chromée. Nous passons aussi incognito que Claudia Cardinale et Brigitte Bardot dans *Les pétroleuses* (poitrine en moins, m'enfin!). Notre duo satellite dévisse quantité de cous. Bien cambrée derrière Linda, je zieute et flirte à la ronde. D'une belle énergie hydroquébécoise, je dégage haut-voltige. Linda conduit avec classe sa Honda; le vent de la liberté caresse nos visages comme nous traversons les Champs-Élysées. Plus loin, à Saint-Germain, à un coin de rue, un type excité sort de sa voiture et se précipite vers nous, pour nous glisser sa carte de visite: «Surtout, n'hésitez pas à m'appeler.» Il retourne *presto* à son auto qui gêne la circulation.

Enfin, deux jeunes rigolos s'amusent à nous poursuivre avec leur bagnole. «Hé, ho! Mesdemoiselles! On vous offre un verre?» On se consulte, on hésite, puis... non. Ils sont trop jeunots à notre goût.

On coupe à gauche, on se faufile et on sème

nos jeunes poursuivants dans le beau trafic parisien. Quelle belle brochette de choix, on se croirait au rayon boucherie, garni de beaux steaks sous emballage métallique! Je ne sais même pas si j'exagère tant je les sens accessibles. Tiens, encore un type qui accourt en haletant et nous refile sa carte en murmurant: «À bientôt, j'espère!»

C'est complètement dingue! Même l'épicier du coin s'extirpe de ses étagères pour nous saluer. J'ai mon voyage! Ces sollicitations spontanées nous font sourire. Linda trouve qu'on fait un de ces tabacs! C'est fou comment deux nanas et une moto peuvent rendre les mecs complètement chèvre, remarque-t-elle.

Fou? C'est capotant! Mais j'allais oublier l'attraction principale. Planté au milieu de la circulation, coiffé d'un petit képi: le gendarme. Faut voir l'espèce. Je comprends pourquoi on les surnomme «les poulets»; rien à voir avec les «bœufs» de chez nous. Leur taille est minuscule, comparée à nos armoires à glace ambulantes. Dans leurs mignons costumes, on aurait plutôt envie de les protéger. Un échantillon de cette espèce nous siffle; Linda vient de couper à gauche et s'est engagée dans un sens interdit: «Mesdemoiselles se croient tout permis?» Nous lui sourions candidement. «Ah! Excusez-nous, monsieur l'agent, nous ne savions pas!» bafouille piteusement Linda. Très sensible aux charmes féminins, le voilà qui nous traite presque comme des couventines. «D'accord, mesdemoiselles, ceci n'est qu'un avertissement. Soyez prudentes! J'aimerais pas qu'il arrive malheur à de si jolies dames.» Et il nous glisse un beau sourire gentillet et son numéro de téléphone en guise de contravention.

Mais les plus mignonnets d'entre eux sont les *Hirondelles*. Je craque. Quel joli nom d'oiseau pour parler de ces policiers à bicyclette vêtus d'une somptueuse cape noire, prêts à voler au secours de la veuve et de l'orpheline. «Vraiment, fais-je remarquer à Linda, ils ont tout à fait l'air inoffensif, vos petits poulets!» «Mais méfie-toi, ma grande, dit-elle, comme tous les Français, ils sont imprévisibles. Et certains d'entre eux manient la matraque avec beaucoup d'énergie...»

Cinq ou six cartes de visite plus loin, nous arrivons en vue d'un bistro devant lequel nous garons la moto. La tignasse en bataillon et le casque à la main, nous nous installons à la terrasse. Du coup, je me sens beaucoup plus fraîche que Madeleine de Verchères! Si jamais, par inadvertance, je laisse tomber mon casque ou un vieux kleenex, je suis convaincue qu'il y a une foule de volontaires pour les ramasser: ils n'attendent qu'un simple signal, un minuscule prétexte. Le serveur voltige à notre table.

– Pour mesdemoiselles, ce sera?

– Deux crottins *Chavignol* et un verre de vin rouge comme vos lèvres, s'il vous plaît.

Il rougit jusqu'aux oreilles tel un lapin timide. Nous profitons de notre intimité pour parler de... *Honni soit qui mâle y pense?*

– *My goodness!* La France, c'est génial! Ça m'a tout l'air d'un pays d'hommes faciles qui ne doutent même pas qu'ils le sont! C'est comme un vrai jardin des délices où l'on peut cueillir les (plus ou moins) légumes au gré de sa fantaisie.

– Ah oui! renchérit Linda, ils sont faciles à croquer, nos poireaux, et considérations potagères mises à part, ils sont difficiles à garder sous cloche, nos camemberts. Crois-moi, j'en connais un bout sur les *confitures*, je t'assure que l'infidélité légendaire du Français est bien véridique... Faut avoir eu l'habitude de la *mâlitude* pour bien connaître leurs plans. Après avoir été mariée, divorcée et maintenant maîtresse d'hommes mariés, je sais un peu plus à quoi m'en tenir avec mes contemporains... Tu verras. Si tu habites avec un de ces mâles et qu'il te téléphone le soir pour t'avouer simplement qu'il sera retenu au bureau, cela peut vouloir dire qu'il se fait tailler une pipe par sa secrétaire ou maîtresse, et qu'il sera de retour pour dîner... Ou bien, il peut t'aviser qu'il a un tas de dossiers en retard. Imprévisible de dire à quelle heure il finira: tu décodes – gros programme, il va bouffer avec la «substitut», la baisera sauvagement après le dîner... Il entrera mort de fatigue au bercail... S'il a un repas d'affaires sérieux avec son associé Dupont, alors là, méfie-toi, ma vieille, c'est la partouze et compagnie... Ils sont malins, tu sais. Écoute, j'ai un amant en ce moment, un restaurateur qui, avant de regagner le nid conjugal, après une longue soirée de batifolages, repasse par les cuisines de son restaurant pour y faire des frites afin de s'imprégner de leur odeur graisseuse bien familière, du moins celle que sa femme sait reconnaître!

– Mais tu sais, moi, les types mariés, je préfère les laisser à leurs épouses.

– C'est ça le drame. Crois-tu que c'est écrit sur leur tronche? Ce n'est pas devant une nouvelle conquête qu'ils vont s'en vanter. En tous les cas, pour en marier un, faut être bien naïve...

– Mais qui parle de mariage? Nous sommes plus futées que ça, non? À moins de rencontrer l'Homme Idéal qui galope encore dans notre imagination. J'ai un besoin plus urgent d'émotions fortes et neuves, question de secouer ma vie en y ajoutant un peu plus de sel et d'épices. J'ai le goût de connaître des hommes de tous les pays, des roses, des blancs, des jaunes, des noirs, des fonceurs, des durs, des lisses et des délices...

Lettre des copines

Homme idéal demandé

Chère Lili!

Lors d'un souper chez Lolo, en buvant du Blueberry Muffin Schnaps, nous avons déliré en pensant à toi. T'aurais sans doute apprécié le Blueberry Muffin Schnaps; c'est complètement hallucinant, ce truc. Après la Pop-Tart, les Américains ne pouvaient rien inventer de plus fou. Tu te rends compte, de la liqueur au muffin aux bleuets! On pouvait quasiment sentir encore la noix de beurre sur le muffin! Ça chatouille le gosier ça, madame, et ça réchauffe les idées, crois-moi! C'est drôle de se paqueter la fraise aux bleuets, m'enfin!... Toujours est-il que nous avons placoté sur un thème connu, l'«homo sapiens contemporain» et avons réussi à brosser le portrait de ce que serait pour nous l'homme idéal. Nous avons pensé que tu pourrais peut-être envoyer nos réflexions au Nou-

vel Observateur, *de la part d'une gang de nouvelles observatrices d'icitte... Alors voilà:* HOMME IDÉAL DEMANDÉ!

D'abord, il sera passionné, attentionné, tendre, jouisseur et capable de faire jouir. Il sera aussi fidèle, loyal, juste et raisonnable, ce qui ne doit pas l'empêcher d'être aussi drôle et intelligent (bien sûr).

Il saura nous épater autant par ses connaissances des affaires que par ses connaissances des meilleures tables en ville. D'ailleurs, il nous invitera et réglera royalement l'addition.

Un être dont la délicatesse des papilles gustatives permet d'apprécier la bonne chère, un grand cru et un joli cul.

Il devra être aussi sportif que sensuel, in bed (you know what we mean). Bilingue et cunnilingue bienvenus.

Puis, quoi encore... Il pourrait être un artiste célèbre, un chic yuppie ou un businessman, doublé d'un chanteur de pomme. Gastronome sur les bords, mais pas trop. Faut penser à son physique que nous souhaiterions svelte, musclé (comme Ben Johnson, avant les stéroïdes anabolisants, parce que ce truc de gonflage, ça dégonfle le zizi... hé!), très athlétique dans le corps à corps.

À la maison, il partagera les tâches domestiques avec joie et sera en cuisine comme en amour un bon chef.

En résumé, l'impossible superman lui-même, doublé ou en version française, sans ou avec lunettes et en Dolby stéréo. En collant ou en complet-

veston. On ne lésinera pas sur le détail quand même. La fantaisie vestimentaire chez l'homme, on n'a rien contre. Et tout ça, c'est pour te l'offrir (bientôt ce sera ton anniversaire). Remarque qu'après usage, tu pourrais nous le refiler. Des hommes idéaux, on n'en connaît pas beaucoup. Crois-tu qu'ils existent en France? On peut rêver, hein! Tu nous fais rêver!

En attendant, les copines et moi, on se meurt d'envie à l'idée que tu nous racontes enfin une histoire avec un vrai mec de la France profonde. Tu sais, le genre de gaillard au béret emboîté sur le crâne, aux joues et nez rouges comme le bon pinard, une baguette de pain sous le bras. Il nous semble que tu plongerais dans le pittoresque. Du Parisien, on connaît, on en importe ici; ils se vendent le quart du prix qu'ils croient valoir.

Au plaisir de lire tes aventures.

Les minettes

Chapitre III

– Une histoire avec un vrai Français! T'inquiète pas, on va t'arranger ça. T'as qu'à choisir une carte d'affaire ou profiter de mon courrier, de dire Linda.

– Ton courrier?

– Oui, ma banque de fonds. «Si tu aimes inventer des jeux et que tu es beau, grand, intelligent et sportif, aventurière bien roulée aimerait te rencontrer.» J'ai fait paraître cette petite annonce, il y a un mois environ, dans *Libé*.

Plus de trois cents lettres qu'elle a reçues, la Linda, depuis un mois: plus de dix mecs par jour, armés de leurs bites et de leurs bics, se décrivent sur papier dans l'espoir fébrile que quelque chose va peut-être enfin se produire. Il faut les lire, vraiment, c'est fascinant! Lecture que nous faisons lorsque l'on a un creux au programme variétés.

Grâce à son système «S.O.S., mes fesses à domicile», Linda a déjà rencontré quelques-uns des candidats, et elle s'avère assez satisfaite des résultats. Il y a des types qui ont du style, et à les lire on a tout de suite envie de connaître l'illuminé auteur qui promet d'incendier le buisson ardent. Mais sont-ils vraiment ce qu'ils prétendent être? Pour ma curiosité salace, j'en ai choisi un au hasard:

> Belle aventurière inconnue,
>
> Si j'étais une femme, je n'hésiterais pas une seconde de plus et je me choisirais comme amant. Sans la moindre prétention et sans déconner, en plus de posséder les qualités requises de votre petit message, je possède un imaginaire débordant. Caméléon, acteur, je peux m'adapter à tous les rôles qui vous seront gré. Je serai tantôt votre esclave, vous serez ma reine ou maîtresse cruelle. Je peux aussi être votre Tarzan dominateur, vous serez ma Jane fébrile. Votre Roméo aimant, brûlant de passion à l'idée de rencontrer sa Juliette.
>
> Soyez assurée de ma plus grande discrétion. Pour notre première rencontre, laissez-moi vous inviter dans un restaurant de votre choix où nous pourrons, je l'espère, faire plus ample connaissance.
>
> Signé:
> Le rêve parisien

Je n'en reviens pas: dans un pays ou dans une ville surpeuplée comme Paris, on en est venu à chercher le candidat ou la candidate idéale par petites annonces ou par Minitel! Je trouve ça sauté, «S.O.S., mes fesses à domicile». Avec le Minitel, en pitonnant, on se retrouve directement dans l'univers des aventuriers de l'espace. On y trouve de tout. Il existe plein de mini-réseaux du cœur et du cul à portée du doigt et de l'imagination; il suffit pour cela de trouver un bon nom de code, genre: «Lapin» et d'envoyer dans le grand Paris un message sentimental érotique, romantique ou pathétique. «Belle dinde cherche beau grand dindon.» C'est évident, ça fait fantasmer.

Comme l'homme de nos rêves se rencontre rarement au coin de la rue, on l'imagine plus aisément perdu dans l'espace. Et coup de bol, si c'était lui qui avait répondu à cette petite annonce? Alors qu'il feuilletait innocemment son journal pour connaître les cotations de la Bourse, son œil a glissé à l'aventure et comme un coup de foudre, l'espace d'un court moment, il a pensé très fort à vous.

Mince! Qui sait? Et s'il était comme il se décrit? Amant merveilleux, imagination débordante. Peut-être une agréable rencontre. Je fantasme. J'hésite, puis je me décide.

Je lui téléphone en lui disant que j'aimerais le rencontrer pour jouer à Laurel et Hardy. Il rit et ajoute: «Hardy, vous le voulez très hardi?» Il a une voix honnête, de l'humour. C'est bon! Je lui fixe un rendez-vous à la Tour d'Argent qui, selon Linda et plusieurs autres guides, est une des meilleures tables de France. «Comme ça, s'il ne bronche pas, tu vas savoir ce qu'il a dans le ventre et s'il assure.» Il accepte pour 21 h, samedi soir.

Dans quel plat me suis-je mise les pieds? En me maquillant pour aller à ce fameux rendez-vous, je rate trois fois ma ligne de *eye-liner* et me fous du noir partout. Je suis nervouilleuse. Je n'ai jamais fait ce genre de connerie au Québec, mais là, en France, pourquoi faut-il que je me choisisse un type par correspondance quand il y en a des millions dans les rues?

– Tu sais, c'est fréquent en France, beaucoup de Français ont recours aux petites annonces pour rencontrer quelqu'un. Crois-moi, il n'y aura pas de problème. Puisque je te dis qu'il y en a qui sont très bien, m'assure ma spécialiste d'amie.

– On verra bien, que je réponds, en pensant qu'il est un peu tard pour me dégonfler.

Je lui avais précisé: «Mettez une rose rouge à votre boutonnière pour que je vous reconnaisse.» Fort heureusement! Le beau grand sportif de l'annonce avait dû dépêcher son vieil oncle. Je rêve! La beauté, c'est relatif, je sais, mais quand même! Sa mère avait dû le persuader de sa beauté quand il était poupon, et il en avait été marqué. En se considérant d'une beauté irrésistible, l'individu en question n'était pas dépourvu d'une bonne dose d'humour – un cas sérieux de myopie et pas un brin de modestie. Beau? D'une splendeur animalesque, sans doute: petits yeux de rat d'égout, nez de cochonnet, bouche et dentition chevalines, petit corps raide, démarche de pingouin.

Arrivée un peu à l'avance et l'apercevant qui se dandinait avec sa rose, j'ai fui rapidos. Lui, Tarzan? Il avait dit vrai sur une chose: son imagination débordante. Dommage qu'il fût si moche. En revanche le resto était franchement très bien. J'aurais peut-être pu y manger et admirer le paysage ou mon assiette, mais je n'ai pas eu le courage.

Je préfère nettement choisir à vue de nez. Mais il faut dire que les petites annonces, ça fait quand même fantasmer. On rêve toujours de l'homme idéal.

De retour à la maison, avec Linda, on s'est bien marré. On a bu une petite bouteille de rosé et je me suis couchée. Pour compenser, je me fais une soirée d'auto-érotisme: comportement sexuel dans lequel la sujette obtient une satisfaction évidente sans recourir à un objet extérieur.

Chapitre IV

Enfin, il est temps de passer à l'action.

C'est Linda qui a arrangé le coup. Gérard est le copain de Marcel, le dentiste que Linda baise quand elle n'a rien d'autre à se mettre sous la dent. Gérard est un psychiatre qui fait autorité, paraît-il, dans les milieux psychiatriques. «C'est pas n'importe qui, Lili. Tu verras, Gérard est un type très intéressant.»

Toujours est-il que le Gérard se pointe à l'heure convenue à notre rendez-vous. Je suis agréablement surprise: elle a raison, Linda, il est physiquement pas moche du tout. Grand, svelte, environ 38 ans, le visage sérieux, encadré de tempes légèrement grisonnantes, il a un teint blanc clinique, mais lorsqu'il sourit, son visage s'illumine et se creuse de deux petites fossettes sympathiques.

Au premier coup d'œil, je sens que je lui plais. Comme un gentleman, il est courtois, poli, attentif et me vouvoie. De la classe, le mec!

Pour dîner, il m'emmène dans un beau restaurant libanais. «Vous verrez, Lili, la cuisine y est simplement délicieuse. J'espère que vous aimez l'exotisme.» Tu parles! «Mais bien sûr, j'adore», dis-je, un demi-ton plus haut que d'habitude.

Pendant le dîner, il me gave, telle une belle oie, de compliments et de bonnes choses que je picore simplement.

— Vous êtes ravissante.

Je glousse mon caviar d'aubergine.

— J'aime votre petit accent.

J'avale un pois chiche.

— Vous me plaisez.

Un peu de tarama avec ça?

Enfin, au plat principal, il devient aussi tendre que ma brochette d'agneau.

— Comme ça, vous partez faire le tour du monde! C'est bien, ça. Moi aussi, j'adore voyager. Saviez-vous que si vous étiez une de mes patientes et que vous étiez perturbée, je pourrais vous accompagner en avion, tous frais payés. Il m'est déjà arrivé d'aller aux États-Unis avec un patient aliéné.

— Ah! dommage pour vous, docteur, je suis très bien équilibrée.

— Ça se voit bien, vous avez le regard intelligent.

Une belle et atrocement pulpeuse danseuse du ventre vient se contorsionner à notre table. Après avoir reluqué le spectacle, il lui glisse 100 francs dans le corsage. Elle repart en se pavanant... pour me laisser seule avec mon psy émoustillé. Au digestif *arak*, il craque. Il n'en peut plus. Il caresse ma main et son genou frôle mon genou sous la table. L'addition arrive, il s'en empare princièrement et la règle royalement. Excellent dîner. Nous ressortons joyeusement euphorisés. L'*arak*, ça détraque...

Bien calée sur la banquette de la BMW, tandis que Pavarotti s'époumone en traversant Paris, je me dis que la vie parisienne c'est chouette. Gérard a l'air heureux, il chante. «Vous aimez l'opéra, Lili? Vous aimeriez m'accompagner au concert? – Avec plaisir, Gérard!» Au feu rouge, sa main se pose sur mon genou. Arrivé devant chez Linda, il se gare.

Il m'embrasse alors à me couper le souffle. Je suis séduite par sa prestance et par les effluves poivrés de son *After Shave* délicieusement piquant... Le voilà qui monte avec moi chez Linda.

D'abord, avec fugue et empressement, il me déshabille et avec admiration il m'observe, ravi. Il caresse ma croupe, murmure: «Vous êtes très appétissante, ma chère Lili, vous savez.»

Et c'est parti, mes kikis.

– Tu sais, une des choses qui m'excitent le plus au monde, c'est d'entendre une femme me dire des petits trucs obscènes pendant l'amour. Dis-moi que je suis un sale type, un salaud! Dis-moi ce que tu ressens.

Et il s'introduit dans *petit moi*. Je réprime une légère envie de rire pendant qu'il me pénètre et qu'il me demande:

– Tu la sens, tu la sens bien, ma bite, hein! Vas-y, dis-le que tu la sens bien, ma petite salope. T'aimes ça, hein, ma salope? Dis-le que je suis ton salaud! (Coups de reins). Allez, dis-le, je suis un chien et ça t'excite...

Il veut que je lui dise des choses obscènes, mais il n'arrête pas de causer! C'est plutôt cocace.

– Avoue que tu aimes ça? Hein? Aaavoue! (Coups de reins.)

J'avoue que je ne hais pas ça. Son accent tonique me tonifie dans l'action, mais je ne suis pas encore très bavarde.

– Tu me sens bien au fond?

Je gémis que oui, oui. Je le sens...

– Je suis un salaud, hein? Dis-le!

Pour l'instant, *j'onomatopate.* «Ha! hi! ha! oulala!»

– Oh purée! je sens que ça va venir, purée! je le sens. Ah! la vache, je vais exploser! Je vais exploser et t'en foutre partout!

Chastes oreilles! Je suis devenue beaucoup plus bavarde lorsque le monsieur, après l'acte post-coïtum, à trois heures du mat, m'annonce qu'il doit partir, *because* sa femme l'attend!

– Salaud, chien, vicieux, ordure, enfoiré!

Je lui en ai lancé, de belles obscénités qui l'on fait sourire, le salaud.

– Dis-moi, ma biche, quand est-ce qu'on se revoit?

– Jamais!

– Je te rappelle bientôt.

Il part et me laisse seule au milieu de mes oreillers. Il me fait chier. Il aurait quand même pu me dire qu'il était marié, l'hypocrite, le traître! J'ai ragé dans mes oreillers et j'ai très mal dormi. C'est ce qui s'appelle se faire baiser, dans les deux sens du mot.

Enfin le lendemain midi, j'ai questionné Linda:

– Tu le savais, qu'il était marié?

– Mais oui, sa femme est une copine à moi.
Mais t'inquiète pas, elle le trompe aussi. Ça fait dix
ans qu'ils sont ensemble, faut bien qu'ils s'amusent
de temps en temps.

– Ah bon?!

– C'est quand même un bon coup, Gérard!
non?

– Noui...

– T'as pas passé une bonne soirée?

– Si.

– Tu voulais quand même pas l'épouser, hein?
Bon alors, pourquoi tu fais cette tête-là?

– Ben, t'aurais pu me le dire! À croire qu'ici,
on s'échange les types comme des vibrateurs. Sauf
que ce Gérard, faut le dire, est quand même plus
bavard qu'un vibrateur. Il est quand même bizarre
ton psy, avec son coït parlé!

– Tu trouves? Mais ici tu verras, c'est commun.
Les Français parlent beaucoup en baisant. T'a-t-il
demandé la classique?

– Laquelle?

– Tu la sens bien ma bite?

Je ris.

– Mais oui!

– C'est la classique. Ils veulent tous savoir. T'as
beau agoniser de plaisir, te tortiller, râler, t'essouf-
fler, ils veulent des mots. Ça les rassure. Il faut alors
leur répondre: Oui, oui, je la sens bien. C'est toi
qui es le meilleur!

– Et non pas: Oui, mon cochonnet, quelle

bonne odeur? Ou: Ah! c'est ta bite, je croyais que c'était ton petit doigt?

— T'as pas dit ça, toi la Canadienne? qu'elle hurle en riant.

— Non, mais j'y ai pensé.

— Salope! Tu veux démolir nos hommes!

Ainsi s'acheva ma première nuit avec un vrai Français. C'était pas *Love Story*, hélas!...

Lettre de Coucoune

Montréal,

Ma chère naïve,

Tu prends des risques, ma Lili: baiser avec un psychiatre! T'as pas eu peur qu'il t'enferme personnellement dans son institut «gouverne-mentale»? À moins, bien sûr, qu'il ne préfère voyager gratis! T'es folle!

N'empêche, j'ai imaginé ta belle petite tête quand il t'a plaquée là en pleine nuit. Je me souviens du pincement au cœur que cela provoque. C'est pas si drôle. Surtout quand on n'a pas prémédité la chose. Moi, qu'un type me baise et qu'il se sauve, je te jure, je n'accepte pas. C'est très décevant, je trouve. C'est pourquoi j'ai cru bon ici de te citer Alberoni sur l'Érotisme: «Une fois leur désir satisfait, la plupart des hommes (français ou pas) détruisent la magie. Et la femme se réveille seule. Elle se met alors en colère contre elle-même car elle s'est laissée aller. Elle s'est donnée à l'homme qui ne la méritait pas.» Comme toi, ma belle oie gavée. Tu vois, en s'éclipsant, ton psy a voulu effacer toute trace d'abandon amoureux. D'autant plus que sa bobonne devait l'attendre à la maison. Enfin, je sais que tu n'es pas trop en peine. Mais meilleure chance, la prochaine fois. Je pense à toi.

Ici pas grand-chose de neuf. Ma chatte a eu six petits. Je travaille toujours sur mon exposition et tu sais que je n'aime pas trop écrire. En revanche, j'adore te lire...

Grosse tendresse.

Ton amie Coucoune

Lettre de Mari-loup

Ma très grande tripeuse,

Non mais, de quoi tu te plains le ventre plein?
Ma belle dinde, tu me fais rire. Un beau type
t'invite dans un super restaurant, te gave de compliments et de jolies choses, et à la fin s'empare
royalement de l'addition!?! Ciel! Il y a longtemps
que je n'ai pas été invitée à souper dans un super
resto. Mince! ça me changerait de mes beaux jeunes
morveux d'amants avec lesquels je dois partager
une pizza en deux, comme pour l'addition, en me
demandant intérieurement s'ils sont cheap, cassés
ou pseudo-féministes, suivant l'occasion. Les Français, eux, même s'ils ont la réputation d'être plus
machos que nos bons Québécois, savent encore au
moins inviter les dames à bouffer. Quel plaisir!

Et si tu veux tout savoir en ce qui concerne le
coït parlé, moi, ça m'excite. Mais si, pourquoi pas!
Crime! Ici, les gars sont tellement coincés qu'ils te
décrivent mieux une partie de leur char qu'une
partie d'anatomie. J'aimerais bien qu'on me vante

autre chose que mes jolis yeux bleus! Je le sais qu'ils sont bleus! J'aime ça, moi, qu'on me dise «j'aime ta vulve», qu'on me parle, qu'on me dise des trucs fous...

Moi, ton psy, c'est tout à fait mon genre: je cause aussi en baisant, et s'il en veut des salées, je vais lui en mettre plein les oreilles. J'ai pas fait un bac en psycho pour rien. Les fantasmes et moi, nous nous connaissons! Bref, tu peux lui refiler mon adresse.

Ces temps-ci, je prends la bagatelle avec une bonne dose de légèreté. Après cette longue relation dont j'émerge, enfin saine et sauve mais égratignée, je ne tiens pas à voir réapparaître une brosse à dents à côté de la mienne. Non, merci. Le célibat, juste le célibat joyeux. Tu vois, moi, un type ne m'abandonne pas vraiment. Je me dis qu'il me soulage par son absence; c'est une façon de voir les choses, tu me diras. Eh oui! je le sais, j'ai pas toujours dit ça. O.K., mais je change. Et dis-toi bien que je t'envie. C'est encore toi qui as choisi la meilleure solution, le voyage, la liberté et l'aventure.

À vrai dire, je crois que c'est la peur d'être vulgaire dans tes élocutions cochonnes qui t'ont empêchée de lui dire: «Vas-y, fourre-moi, mon gros. Fourre! Vas-y, j'aime ça fort! Laboure-moi, bourre-moi bien, fonce et défonce-moi, mon salaud!» Tu verras, ces trucs-là ont un effet bœuf. Je te le dis, présente-le-moi, ce type, j'ai plein de trucs en réserve à lui balancer salacement. Libère-toi de l'affreux carcan de tes tabous, vas-y, déniaise!

Bon, là-dessus, profites-en, ma grande, amuse-toi beaucoup!

Mari-loup

P.S. J'ai moi aussi pensé à une petite annonce. «J'en ai marre des gars qui baisent mal! Si tu baises bien et que tu aimes ça beaucoup et qu'en plus t'es volubile, pas moche et équipé pour le sport, pourquoi ne pas communiquer avec moi? Noune en panne.»

Chapitre V

C'est mon anniversaire, et Linda m'a offert en cadeau un joli porte-jarretelles. Une aubaine! Car j'avais justement oublié le mien au Canada, terre de nos aïeux. Pour sortir en société, il faut absolument de la lingerie fine, un must comme me l'a si hautainement expliqué Linda. Ici, le collant est désuet.

À vrai dire, même moi qui ai beaucoup lu, je me souviens que Philippe Sollers, dans son roman *Femme*, écrivait: «La femme en collant implique la fonctionnalisation définitive, la séparation. Il suppose qu'une femme sait d'avance qu'il ne va pas se passer quelque chose d'ambigu, de chatoyant, de frôlant. C'est un rideau sur la perversité.» Oh! dans quelle innocence nous vivions, mes bergères! Quand on veut devenir une salope, le collant trahit. Les *frenchy men* sont friands de lingerie féminine: ils salivent devant les porte-jarretelles et les guêpières froufroutantes. Faisons-les donc baver!

Personnellement, la lingerie, j'ai rien contre. Ça m'érotise et m'électrise tout comme le champagne et les dîners fins. En revanche, même si c'est agréable à enfiler en s'imaginant que... quelle joie de se la faire enlever par un partenaire judicieux!...

❑

Joyeux anniversaire à moi! Bonne fête à moi! Joyeux ani, joyeux ani!... *C'est à trente ans que les femmes sont belles*, avant elles sont jolies, après, on s'y attache. C'est en chantant que j'entreprends de me maquiller. Je souligne mes yeux de biche avec précision, ombrageant légèrement mes paupières, puis je me fais des lèvres brillantes comme des glaces sucrées. Résultat? Une vrai star de magazine! J'exagère. J'ai quelques légers problèmes de plantation capillaire qui font encore la révolution sur le sommet de mon individualité, mais ce n'est pas quelques insignifiants poils capillaires qui vont assombrir mon bel état mental intérieur et ma belle humeur presque légendaire.

Enfin ma vingt-neuvième année *is over*. Y paraît que c'est un âge critique. Comme ce n'était pas le bagne, j'ai hâte de voir ce que me réserve la trentaine, et à ma façon de démarrer, l'avenir semble prometteur. Ce soir, nous allons dîner dans un des meilleurs restaurants de Paris, *Le Trou fripon*, lequel, *according to* la bible de Linda, le guide Beau et Vieillot, est l'une des tables les plus appréciées de France. J'enfile mes bas de soie et mon mignon porte-jarretelles cadeau, et me glisse dans cette superbe robe noire échancrée jusqu'aux reins. Sexy, sexy! Je tourne devant la glace et aime bien celle qui s'y mire, Moi!

À ce moment-là, Linda entre dans la chambre et m'aperçoit. Elle me jette une espèce de regard mêlé d'admiration et d'envie. Elle ne s'aime plus, alors la valse des vêtements commence. Au soixante-neuvième essayage, elle opte pour une jupe moulante bleue et un chemisier fermé par une petite cravate noire, mais en constatant que l'ensemble lui donne des airs de maître d'hôtel, elle remplace le chemisier par un chandail en mohair jaune. Hésitation, puis non, le jaune lui donne mauvaise mine. Elle me reluque du coin de l'œil, puis s'insinue dans une robe rouge moulante – trop moulante. «Merde, hurle-t-elle, on voit mes bourrelets!» Elle n'en veut plus. Elle remet la jupe en cuir noir et choisit enfin un chandail vert pomme ou vert espérance. Je la rassure, elle hésite encore, je la re-rassure, puis bon, elle le garde. J'allais craquer! J'avoue que l'atmosphère est quelquefois tendue entre Linda et moi. Ah! la cohabitation, c'est pas toujours évident! Surtout que son bel apart est très petit et ne favorise pas l'intimité. Et comme elle consomme une grande quantité de mâle, ces jours-ci, elle n'apprécie pas toujours mon inévitable présence. C'est marrant. D'un côté, il y a cette fille sympa et libérée que j'ai connue à Montréal; et de l'autre, la Parisienne, snob, chiante, qui connaît tout sur tout et qui se prend pour une sainte nitouche.

Elle me terrifie parfois par son manque total de sim-
plicité: dès qu'apparaît un représentant du sexe op-
posé, elle se compose une nouvelle personnalité.
Bref, je ne veux pas être une mauvaise langue, mais
c'est un peu comme vivre avec l'équivalent féminin
de Dr Jekyll et Mr Hyde...

La pauvre nouille! Elle se trouve moche et
grosse – ce qui est exagéré – et ne résiste pas à se
comparer à moi, grande et mince; elle s'impose et
nous impose des régimes alimentaires quotidiens;
elle se pèse trois ou quatre fois par jour et déprime
comme une feuille de laitue abandonnée à la moindre ascension de l'aiguille qui, inévitablement, indi-
que le poids de ses inquiétudes. Tandis que moi,
Lili, à ses côtés, soumise au même régime alimen-
taire, je perds du poids et je suis en forme. Alors
voilà, mince, c'est mon anniversaire, je ne veux pas
me compliquer la vie avec des histoires de gonzesses... Fêtons donc!

❏

Afin de célébrer ce formidable événement,
nous sommes donc invitées, Linda, Natacha (une
copine de Linda) et moi, au *Trou fripon*. Bien sûr,
avant d'arriver dans ce fameux restaurant, j'ai eu
droit à un briefing, à savoir que Natacha en pince
pour le chef qu'elle se farcit à l'occasion, mais que

Linda, qui a déjà baisé avec le fameux maître queux, aimerait bien remettre le couvert.

Le sympathique chef nous reçoit donc à l'entrée: joli sourire et petits yeux curieux de raton laveur. Il nous offre trois flûtes de champagne avec un pruneau décoratif dans le fond du verre.

Nous passons à table. Linda et Natacha sont excitées comme de jeunes poulettes. Elles se tiennent le grain serré. C'est un concours de Miss Bienséance qui débute. Laquelle des deux en connaît le plus sur les vins? Où et comment disposer les ustensiles? Et bien sûr, comment se tenir à table! Moi et la science des vins ou le savoir-faire dans le vain, c'est pas ma bosse.

Comme deux comtesses d'Inségur, la bouche en rictus de trou de poule, elles semblent s'être donné comme mission d'entreprendre l'éducation d'une simple Québécoise. Elles m'énervent et je les laisse frimer. Faut dire qu'elles ne sont pas décontractées comme nous, les Françaises! Elles feignent d'en savoir toujours plus; de plus, elles ont l'art de parler de choses parfaitement inutiles comme si c'était vraiment important.

Enfin les plats arrivent.

Petites entrées de tartare Saint-Jacques au caviar et gingembre. Plaisir des yeux et du palais. On aurait cru une peinture dans notre assiette. Dans des tons de jaune, vert et orange. Joli délice. Pour accompagner cette entrée, un délicieux Bourgogne Aligoté 1982.

À table, mes Françaises changent radicalement. Elles engagent des conversations mondaines et

reniflent le vin comme des chèvres. Elles le compa-
rent avec d'autres, le poignet en l'air, bien souple,
hument et reniflent, en retenant un peu dans leur
bouche comme pour se gargariser le gosier. Ensuite,
elles avalent. (Si elles agissent ainsi lors d'une fellation, ça doit pas être triste.)

Puis mes fausses œnelogues salivent. Le nez
dans leur verre, elles essayent de trouver les mots
qui colleront à l'odeur. Odeur de raisin, ma foi!
Cassez-vous pas la tête! Pendant qu'elles flairent, je
cuve sec vers les chemins de l'euphorie la bonne
bibine sublime. Causez, causez, moi je bois.

Apparition sous bombes des huîtres en crépi-
nette gourmande. Les miss s'émoustillent, l'atmosphère se réchauffe. On joue avec grand art de
l'ustensile de cuisine. C'est vrai qu'ils sont légion.
Deux couteaux, une spatule, trois fourchettes diffé-
rentes, trois cuillères... De quoi s'amuser! Mais non!
C'est sérieux. En France, rien n'est simple. J'ai alors
droit à une démonstration sur les diverses utilisa-
tions des couverts. Mais j'écoute, je dois l'avouer,
bien distraitement, car à la table voisine deux messieurs me bombardent de leurs regards langoureux.
Hélas, ils ne sont pas mon genre: l'un est un peu
trop mou du tour de taille et l'autre trop âgé à mon
goût. C'est souvent le cas dans ce genre de restos
luxueux, on y rencontre de vieux croûtons relu-
queurs accompagnés de bobonnes, ou avec un peu
plus de chance, d'une jeune secrétaire, poulette de
service qu'ils se farciront après le digestif, s'ils en
sont encore capables.

Dans ce beau vieux décor douillet mon regard

se balade, en quête d'un événement inattendu. Mes yeux se sont posés distraitement sur un grand cru, qui a du nez, de la jambe, de l'élégance et de la fraîcheur. Je veux parler du sommelier, qui justement ramène sa fraise. Lui aussi me regarde; la preuve, il sert le vin... et la coupe du client déborde. Je ris. Il repart, embarrassé. Mes copines, qui n'ont rien vu de cette scène émouvante, s'interrogent. Je suis sauvée par l'anguille aux cèpes.

J'avouerai, là, que ce n'est pas à Drummond-ville, sur les bords de la Saint-François, qu'on m'au-rait fait avaler ça. C'est bien parce que je suis à Paris qu'on réussit à me la passer en douce, l'an-guille. J'hésite. Les gloutonneuses me rassurent, elles avalent. Les riches avalent n'importe quoi, et comme ce soir on joue aux riches, au risque de dé-gueuler et de mourir empoisonné par les cèpes, je m'exécute. J'ai toujours aimé vivre dangereuse-ment! Et la cuisine, c'est comme l'amour, il faut goûter à tout pour reconnaître ce qui est bon. Alors j'y goûte, et ma foi, ça glisse comme anguille sous roche dans mon estomac.

Pour nous changer les idées et faire nager l'an-guille, nous buvons un vin blanc Graves Domaine de Chevalier qui galope par-dessus le tout, servi par le beau chevalier galant sommelier.

Les filles ne sont pas insensibles à son charme évident. Les poulettes ont encore plus de vocabu-laire pour parler du vin. Elles en causent comme des mâles, à savoir qu'ils sont doux, durs, corsés, ou insipides. Ce coup-ci, j'entre dans le jeu, mais avoue bien modestement mon ignorance des vins de France. Le chic sommelier se propose de parfaire mon éducation. Ça doit être excitant, dans une cave à vin: l'odeur de tonneau mêlée à l'odeur de la peau, je fantasme. Mes deux oies me regardent curieusement. Puis lorsque le sommelier repart, la perspicace Natacha m'apprend que j'ai le ticket avec Francis, ledit sommelier.

Je le crois aussi!

Nous poursuivons avec de petits raviolis à la truffe.

Parlons d'abord du *show off* qui précède ce potage. Trois garçons de table, discrets comme des napperons blancs sur une nappe blanche, soulèvent le couvercle d'argent sous lequel nage la truffe qui a l'air ravi au lit. Je cite Linda: «Quel raffinement ce parfum de truffe combiné à la finesse du foie gras des raviolis.» Comme elle s'exprime bien! J'aurais pas fait mieux. En effet, très chère, c'est pas si pire.

Puis arrive le plat principal. N'êtes-vous pas fatigué de bouffer? Moi aussi, mais ça achève! Sous les bombes d'argent gît un mini filet de biche accompagné d'une mini purée de céleri et d'une mini mousse aux brocolis garnie d'une ridicule pomme de terre coiffée d'un marron. Très joli, visuellement parlant, mais pas très copieux comme plat principal! Et fort heureusement! Avec tout ce qui a déjà défilé, faut pas exagérer. Nous avons, comme de raison, arrosé le tout avec un Médoc Château Rothschild-Pauillac 1978. Un vin excellent! Mais j'avoue que j'aime particulièrement les mains qui le versent. Car le revoilà, mon serviteur.

L'alcool aidant, les nénettes deviennent soudain plus volubiles. Elles abandonnent enfin leur scénario d'œnologues à la pige et se demandent ce que la fin du repas nous réserve. De plus, elles réalisent que nous sommes là pour célébrer et arroser mon anniversaire. On trinque et retrinque. Comme deux Veuve-Clicquot brassées, elles s'émoustillent et me chantent le *Happy Birthday*...

Au dessert, le grand chef lui-même sort magistralement de sa cuisine en tenant un plateau où trône un superbe gâteau au chocolat noir, délicieusement écœurant, illuminé d'une bougie. J'éteins la bougie, il repart avec le gâteau, mais quelques instants plus tard, il réapparaît glorieux avec le gâteau divisé en portions agrémentées de sorbet au cacao et chocolat blanc. C'est super cochon! Mille millions de papilles gustatives en folie! Nous accompagnons ce dessert de Sauterne. J'adore. Vraiment le service des vins est impeccable. Le sommelier me souhaite un joyeux anniversaire et me fait tendrement la bise sur les deux joues, rougissantes et chaudes.

Il y a de moins en moins de clients dans le restaurant, ce qui explique la présence du chef à notre table. Là, les filles sont sublimement émouvantes. «La cuisine est une œuvre de l'esprit et les mains ne sont que les manœuvres qui permettent de réaliser ce que conçoit l'imagination créatrice.» En tout cas, je peux vous dire qu'il en a dans le chou, le chouchou de ces dames. Il sait tout faire

de ses dix doigts, le chef, à faire rêver les demoiselles! Et on sent qu'il peut mieux faire. Ça se voit
dans ses petits yeux un tantinet vicieux. Il sait qu'il
plaît à mes deux copines, il essaie donc de séduire
la troisième, c'est-à-dire moi. Le Québec, il adore;
il aime Félix Leclerc, connaît Diane Dufresne et
adore les Québécoises, «elles sont tellement mar-
rantes!» C'en est presque gênant. Je le trouve gentil, sympa, charmant, mais je ne tiens pas à déclen-
cher une guerre, d'autant plus que moi, c'est le
grand sommelier qui m'a tapé dans l'œil.

D'ailleurs le voilà enfin qui se pointe, et tel un
prêtre au moment de l'élévation, il pose sur la table
une bouteille d'Armagnac 1893. Mes deux commu-
niantes en bavent. Alors le sommelier me glisse en
douce quelques compliments sur ma robe, et mes
jolis yeux. Il repart en salle souhaiter le bonsoir aux
derniers clients; mis à part les garçons de table qui
ont terminé leur service et qui s'apprêtent à déguer-
pir, nous serons bientôt seuls dans la salle.

Suspense. M. Dugléré, Alain, caresse nonchalamment la main de Linda. Je suis contente pour
elle, je me dis, enfin, elle va l'avoir. Mais ce que je
ne n'avais pas vu, c'est qu'il flattait en même temps
la cuisse de Natacha, sous la nappe. Linda semblait
être au courant et ne s'en offusquait pas. Tant
mieux. À ce moment, Francis nous rejoint et s'occupe entièrement de moi. Si nous faisions connaissance? Ah! ces mecs sont rapides en affaires! Je ne
sais pas jusqu'où le digestif nous mènera, mais
Natacha est déjà en bustier, Linda a relevé sa jupe,
et on me propose de me mettre à l'aise à mon tour.

Je sens que ça va être ma fête! Ça tourne dans ma tête et encore plus vite dans celle de Dugléré, Alain, lorsque soudain le timbre de la porte retentit et qu'une clé tourne dans la serrure. Madame Dugléré fait son entrée. Natacha a eu le temps de s'enfuir au vestiaire, et Linda est aux toilettes. Seule, je termine un deuxième Armagnac 1893, salue poliment la dame venu cueillir son époux qui, bien sûr, est retourné à ses fourneaux, tandis que mon sommelier s'est esquivé derrière le bar. Le temps de récupérer leurs petits esprits, les copines reviennent et nous quittons les lieux. La partie est remise.

❏

Peu de temps après cette mémorable soirée au *Trou fripon*, je reçois un coup de téléphone: Francis La Truffe, sommelier de son état. Il m'explique qu'il a été fort impressionné par notre rencontre, l'autre soir, et il aimerait nous inviter, ma copine et moi, à venir bouffer dans un super resto, chez M. Bacon, dont la réputation n'est plus à faire. Nous acceptons. Il faut dire que depuis quelques jours, Linda est gentille avec moi. Comme elle sait que j'ai le ticket avec Francis, elle se doute bien que cela va lui faciliter les choses pour revoir Dugléré et autres restaurateurs. Mais M. Bacon, elle le connaît bien, et à ce qu'il paraît, c'est aussi un joyeux luron. L'année dernière, Linda a soigné à domicile sa crise de foie. À chaque fois qu'elle se pointait à son chevet, il lui réclamait, comme un gosse, une petite branlette pour faire sortir le méchant. Mais lorsqu'elle travaille, Linda est une nurse sérieuse, et on ne connaîtra pas la suite. Mais ce soir, elle n'est pas en service: que se passera-t-il?

Vendredi soir. Nous voilà chez le compère restaurateur, de nouveau attablées dans un chic restaurant. Enthousiaste, chaleureux et accueillant, le compère restaurateur nous a préparé un menu spécial qu'il nous détaille avec verve. Pour son âge – la cinquantaine –, ce monsieur tient bien la forme, l'œil gourmand pique à coup sûr, et sur ses joues finement ciselées se décline sans erreur la carte glorieuse des grands vins de France. Voilà sans doute une bonne raison pour se lier d'amitié avec un sommelier. Mon grand cru, lui, est très élégant et de bonne humeur.

Fin de soirée. Tous les clients sont partis et nous nous retrouvons à quatre pour dîner. Linda – la dévoreuse –, notre hôte – chef et patron de l'établissement –, Lili Gulliver – égale à elle-même – et mon fameux sommelier.

Assise entre M. Bacon et Francis, je fais l'objet de l'attention de ces messieurs. Un petit peu trop car Linda semble contrariée. Je sens bien que notre hôte est du type tombeur. Toutes les occasions lui sont bonnes de tremper son poireau... Sa main leste et habile se perd sous la table et atterrit sur mes bas filets... Je me sens tout de même obligée de le rapatrier à ses cuistances.

Heureusement, à ce moment-là, Linda entreprend de féliciter notre hôte sur son dernier livre de recettes, et mon sommelier ange gardien manifeste à mon égard une attention qui dépasse la cordialité. Il maîtrise parfaitement le langage des cuisines et du vin, de quoi saliver! Un vrai chef d'orchestre endocrinien! Lui aussi me fait le coup de la main baladeuse sous la nappe, et je ne le renvoie pas vraiment aux fourneaux de son confrère. Au contraire, je pose aussi ma main sur sa cuisse.

Pendant que je suis occupée avec Francis, le maître des lieux chante la pomme à Linda, ravie. Et pour donner à ce dîner l'ambiance des jours de fête, notre hôte débouche fièrement une bouteille de champagne, sous la charmante appellation «Chouette et Bandons»! Nous trinquons allégrement. *«God save the couenne!»* lâche le toqué. En cuvant le champagne, M. Bacon nous donne, en prime, ses élucubrations les plus éculées. Il nous dévoile les secrets d'une sauce à nulle autre pareille: «Vous agitez vigoureusement pendant dix ou quinze minutes et vous obtenez un liquide blanchâtre et crémeux qui laisse le partenaire complètement fondu.» Le plus cocace, dans cette histoire, est de voir la tronche de Bacon. Il frétille d'un rire un peu gras et se trémousse sur sa chaise. Et en avant pour les aventures des mille et une truies! «N'oubliez jamais que dans le cochon tout est bon. Une truie sommeille dans chaque porc!...»

«Un petit coup de blanc ou un petit bout de gland?» questionne notre hôte en se marrant. Ambiance légère dans l'air? Ou ambiance lourde, au ras de la nappe? Pour moi, la gaieté du dîner, la bonne humeur, la lune montante, l'alcool et mon grand cru d'appellation contrôlée forment un cocktail délicieux, et j'avale sans réchigner les plus grasses plaisanteries.

Linda, en verve, nous sert son aphorisme dernier-né: «Si la branlade est devenue brandade, la brandette, deviendra-t-elle branlette?» Notre grand chef se fend la poire. Il a la pêche, il aurait bouffé un steak à la cocaïne qu'il ne serait pas plus volubile. Genre éthéré mais hétéro, quand même. Il gesticule. Linda et lui sont de bons complices. L'alcool aidant, elle se montre très chaleureuse envers notre hôte. Et mine de rien, je crois deviner qu'elle a saisi son tire-bouchon, bien au chaud sous son grand tablier. Les yeux grands comme des prunes, le Bacon s'exclame: «Allez! prends-là ma bonne saucisse! Et comme j'aimerais m'enrouler dans tes jambons!» Elle lui fait une petite rillette embarrassée, mais j'avoue que là, il fait dans l'esprit de patate!

Un peu de classe, quand même! Nous sommes à table! Pendant ce temps, les plats défilent, grandioses, succulents à souhait: culotte à la braise et aux oignons, fricandeau à la bourgeoise, nymphes à l'aurore (en français dégraissé, cuisses de grenouille). Mes pupilles gustatives s'initient à l'alpinisme dans mon palais. Tout est délicieux. Même mon sommelier me paraît comestible; ses lèvres juteuses, ses beaux yeux, grands yeux d'agneau qui savent faire rêver. Comment réprimer l'envie gourmande de le dévorer? Nous sommes à table, un peu de classe! J'ai de ses idées, vraiment! Mais je ne suis pas la seule, la légère pression de sa cuisse s'alourdit contre la mienne. On flirte visiblement. Francis me raconte plein de choses qui font plaisir à entendre.

Les plats terminés, ses doigts déliés et agiles comme sa langue se mettent en quête de dessert sur ma tendre personne. Serait-ce l'heure de la cuisine nouvelle? Tandis que notre maître queux malaxe le sein doux de Linda, mon sommelier me propose en catiminette de bien vouloir passer aux cuisines avec lui. J'accepte. Nous nous retrouvons alors seuls, dans les odeurs encore chaudes des fourneaux, parmi les casseroles maculées de sauces. Ah! quelle odeur! À peine entrés, nous nous embrassons mieilleusement, tandis que sa main doucement s'insinue sous le satin de ma jupe. Je sens, culinairement parlant, qu'il veut me refiler son asperge pour que je l'enrobe dans mes jambons, comme disait l'hôte. Version plus romanesque que «prends ma merguez à la va-comme-je-te-pousse dans le couscous». Le côté insolite de ces ébats dans une cuisine riche en mangeaille m'excite terriblement. Francis aussi m'excite, et vice versa! Derechef il me soulève pour m'installer sur le comptoir à viande, arrache mon slip et me pénètre. Puis, debout devant les fourneaux, moi penchée au-dessus des restes de nymphes à l'aurore, il me chauffe superbement. Il a envie de me casseroler à toutes les sauces. Et il y réussit bien. Je fonds. Il fond aussi. Ainsi caramélisés, nous regagnons la salle à manger. Le rire du chef tonitrue à tous les vents. Que se passe-t-il?

On dit que le plaisir naît dans l'euphorie de l'accouplement. Le rire, lui, est catastrophique. À son âge (plus avancé), les années neutralisent-elles les pirouettes?

À table, dans tous ses états, Linda a besoin de toute sa science buccale. Elle aspire, ahane et bouffe littéralement le saucisson du Bacon. Son travail impeccable porte ses fruits, et la gourmande ne se perd pas en vaines considérations pour chevaucher le chef à la cavalière, assise sur la table de la salle à manger. Surtout ne pas perdre l'impétuosité naissante et fébrile! Il lui fait finalement son affaire comme un chef, le toqué, pendant que Francis et moi buvons le digestif (prunelle de Bourgogne).

Pour finir en beauté, mon partenaire est de nouveau prêt à remettre la sauce. Moi, je ne veux plus mettre le couvert.

Quelle soirée! Nous sommes tous ressortis de là repus, fatigués et bourrés.

Chapitre VI

En banlieue parisienne, dans une immense maison de pierre prédestinée à des rites orgiaques, les anges passent et ne se ressemblent pas... À bien considérer l'accueil protocolaire du monsieur sérieux et de son épouse – dame au chignon sel et poivre, sourire pincé et chaussures plates – tout laisse à penser que mes amis se sont trompés d'endroit.

Ils nous introduisent dans une salle à manger où papotent une vingtaine de personnes des deux sexes, richement vêtues. Ce beau monde fait tellement bon chic bon genre que j'ai de la peine à croire qu'ils se foutront à poil après le dîner! Et copuler itou! Hé bien! Les apparences sont souvent trompeuses et l'habit ne fait pas toujours le moine. En effet, après un généreux repas – foie gras, magret de canard à l'orange, salade d'endives, fromages variés, l'ensemble arrosé d'excellents vins et de champagne, dessert et... strip-tease...

Natacha, institutrice de profession, monte sur la table et expose son postérieur et ses dessous affriolants aux amateurs de chair fraîche. Elle est suivie dans son exhibition par une petite dame blonde, la trentaine avancée, qui offre sa poitrine généreuse, ainsi que par une belle brunette qui ne boit ni ne fume et qui n'en peut mais de grimper sur une chaise et de nous dévoiler sa minuscule culotte noire à plumes rouges sur le pubis.

Il n'en faut pas plus pour qu'un grand-gros-jeune-quarantaine-la-bedaine laisse choir son pantalon, dévoilant, à notre surprise, un short américain façon papier journal pour intellectuel. Un autre nous fait la primeur d'un short à bateaux pendant que la grassouillette le comble de chatouilles avec ses plumes sur le nombril. *That's entertaining!*

Le groupe quitte ensuite la salle à manger où règne un certain désordre et passe dans un grand salon au confort douillet – fauteuils de velours moelleux, foyer, grands chandeliers, tapis profonds, musique Sinatra, «Strangers in the night» *That's life* et tralala...

Pendant ce temps, certaines de nos dames distinguées ont préféré revêtir la toge romaine blanche agrafée à l'épaule mais ouverte sur les côtés, plutôt que la tenue d'Ève, jugée sans doute trop légère. D'autres, en guêpières, dentelles, porte-jarretelles et bas de soie se prélassent, provocatrices à souhait.

Il en va de même pour les messieurs. Certains arborent la toge romaine, ou le costume d'Adam. D'autres encore portent le slip (le genre boxeur américain est très populaire); les plus grotesques ont gardé bas et souliers...

Et moi, qu'est-ce qui m'habille? Je porte tout

simplement une mini-robe décolletée et un ensemble collant serpent de danse très moulant. Je suis
venue ici en mission de reportage, et j'avoue que
regarder m'est agréable.

And now, show time! Que le spectacle commence!

Quelques couples se préparent à accomplir
l'Acte. On se croirait au théâtre. Linda et Dugléré
règlent l'ouverture dans une très belle mise en scène
qui attire mon attention. Dans un rôle des plus
décolletés, ma ravissante copine s'offre à notre
galant toqué avec une belle complaisance, le derrière retroussé, la tête posée sur le divan. Dugléré
relève lentement la toge de Linda, découvrant une
poitrine généreuse et offerte. Natacha s'empare des
gros seins ronds, très blancs et les titille de sa langue agile. De véritables petits boutons de rose! Lui,
il s'affaire avec délicatesse, soupesant de ses mains
les deux cuisses fermes et ouvertes, grosses pommes
appétissantes. Il en masse tendrement le doux et
duveteux secret, puis s'arrachant à sa divine con-
templation, il enlève son short. Son léger embon-
point ne laissait pas deviner une telle vigueur! J'en
suis bouche bée. Linda, elle, est toute prise. Doucement, pouce par pouce, il s'engloutit dans son petit
four d'amour, et lentement d'abord, puis de plus
en plus vite, il lui réécrit les règles du plus vieux
jeu du monde. Ils s'essoufflent énergiquement et
parviennent enfin au rythme du bon délire. Ma
copine frissonne, languissante de plaisir. Satisfait,
l'homme se retire précautionneusement, abandon-
nant sa conquête aux doigts experts de la tendre

Natacha. Je savais ma colocataire libertine, mais à ce point... elle m'étonne! C'est touchant!

Les autres participants sont éparpillés à travers le salon. La petite grassouillette à plumes s'affaire, agenouillée devant un imposant monsieur qui, lui, suce un gros Davidoff. Un peu plus loin, deux couples se livrent à des caresses multiples et bientôt s'entremêlent dans le plaisir.

Certaines dames en profitent pour s'émoustil ler elles-mêmes ou mutuellement, devant quelques voyeurs fort satisfaits du spectacle. Dont moi! Mine de rien, tous ces jeux érotiques m'ont lentement emplie de désir et de Francis, mon amant du moment, si j'en juge par ce que je sens sous mes doigts! N'y tenant plus, nous partons nous barricader dans la salle de bains et nous faisons comme les autres, debout devant la glace qui nous renvoie nos reflets multipliés...

Je vois mes joues devenir roses tandis que Francis me besogne avec furie. Jouissance, spasmes et merci d'être venu en si grand nombre!

Très en forme le Francis, ce soir. Très bien classé au Guide Gulliver!

Alors voilà... Eh bien... Ah oui!... Je suis un peu ébranlée... Le temps de reprendre mes sens... Un peu de remaquillage... et nous sortons de la salle de bains, comme si de rien n'était. Enfin presque, nous avons les yeux brillants.

Près de la porte, quelques messieurs semblent disposés à me combler de leur trop plein d'énergie, mais Francis n'a pas l'air du même avis. Il est tout plein de tendresse pour moi et sa récente jouissance ne paraît pas l'avoir refroidi à mon égard. «Devrais-je prendre un nouvel amant? Changer de *vit?*» Je le lui demande, en souriant. «Pas questions! me répond-il, toi, je te garde!» Cet accès de propriété m'arrache un frisson de plaisir.

Nous retraversons le salon où les échanges semblent s'amenuiser. La salle à manger est nettoyée; une légère collation est servie, chocolat, thé, vin, gâteaux. J'ai faim.

Vers les deux heures du matin, toutes ces belles personnes regagnent leurs vêtements, leur esprit et leur foyer. Deux par deux, comme tout le monde.

«Ah! Marie-Chantal! Bonsoir, ma chérie. Et merci. Vraiment très B.C.B.G!...» Beau cul, belle gueule...

Chapitre VII

Avec tout ce qui arrive, je me crois presque dans le grand royaume communautaire du partage des biens et des plaisirs. À peine le temps de récupérer, que rebelotte... Curieuse et tripeuse comme je suis, je suis partante pour bien des extravagances, enfin, presque... Car avouons-le, les événements se bousculent, les situations sont insolites.

Je revois sporadiquement Francis mon sommelier, qui me traîne de resto en resto et me fait découvrir les joies et plaisirs de la gastronomie, des vins et du sexe aux endroits insolites. Fascinant, ce type. Mais évidemment, il est marié et en prime, sa maîtresse, Mme Dugléré, est encore plus jalouse que son épouse. C'est grand la Comédie-Française. En ce qui me concerne, rien ne m'inquiète. Bien sûr, Francis me plaît, mais il y en a d'autres. Bientôt, nous irons en Sologne, dans sa résidence secondaire: week-end gastronomique.

Avec Linda, c'est encore les sautes d'humeur. Elle est contrariée et jalouse de n'avoir pas été invitée. Elle m'en veut, et pourtant j'ai demandé à ce qu'on l'invite, mais c'est impossible. D'un côté, je pourrai respirer en paix; à mon retour, je songe à m'installer à l'hôtel. De toute manière, il y a tellement d'activités à l'horizon que mon programme de variétés est rempli à l'avance.

❏

Mardi soir, à Paris, nous étions invitées à une fête spéciale. Pour cette soirée, j'avais revêtu un body en dentelle noire à travers lequel on pouvait apercevoir mes seins bien ronds, une jupe moulante en cuir noir, de longs bas filets, des souliers rouges. Une vraie agace...

Faut dire que je n'ai pas fait une entrée inaperçue. Une bombe! J'étais la plus grande, la plus jeune, la plus sexy, je n'avais que l'embarras du choix: au milieu de six mecs qui tournaient autour de moi comme des abeilles autour du miel. Non, des taons, et tous en slip ou simplement nus.

Nous sommes arrivés en retard, à minuit, et c'était cul sur tapis. La première vision que j'ai eue est celle de Bacon en train de baiser, lui à genoux, sa partenaire, jambes écartées sur le divan, devant tout le monde. J'entre, il continue la baise et me dit: «Ah! bonsoir la Québécoise!» Et une deux, une deux. Je lui demande: «Ça va? – Oh, comme tu vois, ça va, ça vient!» Belle entrée en matière. Je suis un peu gênée.

Un Américain m'approche, je l'envoie poliment sur les roses. Enfin, un ange de délicatesse passe, et je me dirige vers la salle à manger où je m'assieds près de Linda. Trois mecs qui ont péché par convoitise nous observent. Ils veulent de la chair fraîche. Je sympathise toutefois avec un jeune avocat qui en profite pour me glisser sa carte et son numéro privé, en ajoutant qu'il aimerait bien me revoir.

Un soi-disant ami, en l'occurrence Bacon, s'approche de Linda et plonge sa main dans la robe-bustier à baleine qui soutient sa poitrine plantureuse. Il tâtonne un peu pendant qu'elle lui masse les testicules pour ensuite lui tailler une belle pipe, en ma présence, pendant que je mange un saucisson. Pour ma part, il m'est désagréable de manger un objet qu'une autre a eu dans sa bouche, saucisson ou queue bandée, mouillée. J'arrose de vin rouge et croque mon saucisson. Je me limite? Pas eux, en tous cas.

Qu'est-ce que je fais là? Je savais bien que c'était une partouze, et je suis là, sexy en diable, refusant les avances de tous ces beaux messieurs que je ne connais pas. En fait, j'avais été privée de sexe pendant une semaine, et l'abstinence me travaillait. Mais j'ai résisté. Pourquoi? Exclusive! Sous mes allures de salope de première catégorie, je suis restée vêtue toute la soirée, mais j'ai frenché avec mon Francis, lequel venait justement me rejoindre après le boulot, et qui empestait légèrement l'anis.

Les vagues caressantes de la partouze m'ayant transportée à ses lèvres, j'ai dégusté. Je lui ai fait une salade de gencives. Nous nous sommes régalés. Peut-être que je ne suce pas beaucoup en public, mais embrasser j'adore ça et je suis gourmande. J'avale toute la langue, la salive, mais je recrache les dents. Il y a des limites et j'ai mes limites. Même pour sucer un lobe d'oreille, je ne donne pas ma place, je suce, je mordille, j'enfouis ma langue dans le creux de l'oreille, ils deviennent fous.

À chacun sa spécialité, j'imagine. Quant à la queue, on n'a pas toujours envie de jouer de la musique à bouche en spectacle. Il me faut et l'instrument et le musicien pour faire vibrer tout ça, en privé et concerto en la majeur. Bon, je ne serai pas casse-cou et j'avouerai que j'ai passé une soirée assez intéressante. Il y avait de l'action, le buffet était excellent. La salade de gencives y compris. J'ai cependant pris mon dessert quand nous sommes rentrés à mon hôtel, enfin seuls, tous les deux.

Le lendemain, je me retrouve au Bois de Boulogne. Mais auparavant, la soirée avait été animée. J'ai le don de me retrouver dans des situations impossibles. Une soirée de fou et quelle ville que ce Paris *by night*! C'est quand même différent de Montréal où la chose «in», c'est la coke. Il y a des toilettes de bar aménagées pour ça et une petite pièce derrière aménagée pour faire sniff, sniff. Il y a les parties à la coke et le grand délire des confidences. À Paris, c'est le cul. Il y a les toilettes aménagées pour ça, la petite pièce pour faire *put, put*. Il y a des orgies de cul et le grand plaisir des connivences.

Donc, le lendemain, en belle grande fille délurée et avec ma copine Linda (dite gorge profonde), nous étions invitées à dîner par des copains à elle que je ne connaissais pas. Linda me téléphone à l'hôtel. «Écoute, Lili, j'ai deux copains, des types très bien, qui veulent m'inviter à dîner et à sortir en boîte. Ils insistent pour que j'amène une copine. Ça te brancherait de venir avec nous? C'est un bon plan, tu verras, l'un est dans la pub, l'autre est animateur télé. Ils sont très charmants.» D'accord, j'accepte!

Nous nous retrouvons dans un restaurant bruyant mais branché du quartier des Halles. Ma copine demande un bœuf à la mode, un sacré bœuf toujours à la mode, et je prends des cuisses de grenouilles, un plat toujours sauté. Notre conversation, entrecoupée du fracas des assiettes et de la musique, était assez limitée, mais je m'aperçois quand même assez vite que les deux copains sont dans le genre séducteur orthodoxe dont le plaisir, semble-t-il, se résume au principal.

Mentalité Casanova, des mecs qui se pensent nés pour un beau sexe dont la diversité exerce la curiosité. Rien de très original, enfin! Ils sont pas mal foutus, physiquement parlant, mais pas spécialement mon genre. Après avoir dîné, ils nous proposent d'aller en boîte, une boîte «spéciale», à ce qu'on m'explique. C'est un peu comme un libre-service-amour, une cantine des plaisirs. Je ne vois pas tout à fait ce qu'ils veulent dire, j'entrevois seulement... et j'ai bien vu.

Nous entrons donc dans cette fameuse boîte. Il y a suffisamment de gens pour créer une atmosphère plutôt chaude. Musique disco et slow langoureux. Moi qui voulais y faire quelques *steppettes* de *break dancing*... À peine entrée d'ailleurs et j'étais déjà repérée. Si les petits yeux mâles avaient été des scies, je me serais retrouvée cul de jatte. L'idée de la mini-jupe en satin noir et bas dentelle, dangereuse! Pas le temps de m'asseoir, que me voilà debout à danser dans les bras d'un monsieur d'Israël qui a insisté pour que je lui accorde le «sexual healing» que feu Marvin a eu bien du plaisir à chanter.

Je ne sais pas si c'est la musique ou ma cuisse ferme, mais là, je sens le sexe mâle durcir et se frotter, tandis que ses mains glissent sur le satin, tentant de s'infiltrer au-dessous. Et mon Israëlien qui entonne avec Marvin: «Let's make love tonight.» Ouf! J'ai chaud, j'ai soif. *Excuse-me*, je vais rejoindre les copains.

Les copains, où sont-ils? Je regagne ma place à coup de caresses et j'aperçois Linda qui necke – du verbe necker – (rouler des patins) – avec Olivier pendant que Philippe la pelote gentiment sur la banquette. Philippe veut m'honorer de son attention ou de ses intentions, et me vendre sa salade de saison. Mais comme j'ai déjà bien mangé, je m'y refuse. «Bas les pattes, coco! Faut pas toucher à la marchandise!»

«Oh! dis donc la Canadienne, ça va, je ne te forcerai pas.» Et il repart à la conquête d'autres nanas, comme ils disent. Ce qu'il peut être rasoir, le Philippe.

Un autre monsieur m'invite à danser. J'y vais, laissant Olivier et Linda à leurs ébats. Ils auront bientôt besoin d'intimité. Justement, il n'y a qu'à passer dans la pièce arrière. Intimité, mon cul! Je veux dire, leurs culs exposés comme ça. En tous les cas, le cul comme milieu, c'est plus généreux que la coke parce que là, tout le monde peut en sniffer. Et plus il y en a, plus ils sont contents. Grande diversité dans l'étalage de la marchandise.

Je raconte ça comme ça, question de faire piger l'ambiance du joyeux milieu dans lequel j'évolue. Dans la pièce arrière, des mecs et des nanas sont en train de faire l'Acte, et d'autres comme moi se rincent l'œil. Il y a même quelques célébrités dont je tairai les noms; tout compte fait, je me les serais peut-être bien farcies. Mais non, trop coincée, je me suis retenue. Et le bel acteur qui m'intéresse a déjà une jolie dame suspendue à son sexe. Et l'autre, le grand sportif, a l'air bien parti dans une appréciable ruée frénétique de coups de reins qui le laissera sans doute à bout de souffle.

Je suis retournée danser avec un bel Italien aux yeux pétillants comme une coupe de champagne. Ensuite, j'ai terminé mon verre, au bar, à côté d'un type, je le sentais, qui aurait bien aimé soulever le rideau de ma mini-jupe. Mais je ne suis pas allée me faire pénétrer dans la pièce arrière. Linda y était et avait franchement l'air de bien s'éclater avec ses deux copains: entre quatre bonnes mains, deux grosses bites et tralala. Elle aime ça, Linda. Elle est généreuse, peut-être est-ce sa mentalité d'infirmière... Je panse donc j'essuie...

Cela devient intéressant. Les deux copains de Linda vont d'abord la ramener chez elle. Elle qui les a si bien satisfaits, ils la plantent là, alors qu'elle leur offre pourtant l'hospitalité. Mais non, prétextent-ils, grosse soirée, travail demain, fatigue, etc. Moi, assise sur la banquette arrière, j'attends sagement que l'on me dépose à mon hôtel. Soudain, Philippe, très mielleusement, le regard coulant, me demande:

— Dis donc, Lili, tu ne t'es pas tellement éclatée ce soir?

— Bah! C'est bien, j'ai fait des découvertes, et du point de vue touristique et sociologique, c'était très intéressant.

— Écoute, que dirais-tu d'une expérience insolite et inhabituelle que seuls les Parisiens connaissent?

— Bien, heu... cela dépend... quoi?

— Tu as entendu parler du Bois de Boulogne?

— Oui, oui.

— Tu sais que la nuit, il s'y passe plein de choses étranges?

— Ah oui? Martiens, soucoupes volantes?

— Non, non, des choses fascinantes que tu devrais connaître. Allez, ça te dit?

— O.K.! On y va! dis-je tout en me demandant bien pourquoi.

Nous voilà donc roulant vers le Bois sous la

lune qui nous éclaire comme un gros spot. Je leur demande la nature de ce fantasme au Bois. Réponse en Dolby stéréo: «C'est toi!» «Mouah? Mais quoi? Vous avez partouzé, vous avez joui, etc. Je ne vois pas ce que je peux faire de plus pour vous! – Mais non, me dit Philippe, notre fantasme, c'est de te voir t'éclater toi. C'est ta soirée, ma belle. Comprends-tu que n'importe laquelle de tes fantaisies peut devenir réalité? Paris, c'est magique. Il ne tient qu'à toi de vivre tes fantaisies.»

Alors, ils me proposent le vaste éventail des spécialités du Bois. «Voyons, voyons, quel est mon fantasme? Faire l'amour avec un travesti?» Tiens, je n'y avais jamais pensé avant, mais maintenant que j'y pense, de beaux seins, une queue, androgyne. Non. Les travestis, c'est pour les hommes. Mais je peux regarder.

– Personnellement, c'est pas mon truc.

– Bien dis donc, c'est quoi ton truc?

Bonne question! Je ne sais pas trop. La position du missionnaire dans un bon lit avec un amant super affectueux? Mais non! C'est pas du fantasme, c'est commun.

– Déjà, tu as deux beaux mecs. Si tu en veux plus, on s'occupe de toi!

Ah! les bons samaritains!

– L'exhibit, tu connais? demande Olivier. Tu voudrais pas que des mecs s'exhibent et se branlent devant toi, pour toi?

Tiens! Ça non plus, je n'y avais pas pensé. À croire que je ne pense à rien. Des mecs qui se branlent devant moi!

– D'accord, allons-y. La curiosité m'excite.

Et si je ne veux pas me taper des pédés qui, de toute façon, me rejetteraient, ou des couples de swingers, il ne me restera plus beaucoup de fantasmes dans les Bois, à part nager avec les canards sur l'eau. Coin! Coin! J'aimerais bien être un canard. C'est tellement joli un canard puis ça n'a pas l'air compliqué mais, fantasmes cochons, pas oisillons. Alors bon, l'exhibit, O.K.!

Nous nous dirigeons vers un coin précis du parc, et voilà que *out of nowhere*, à quatre heures du mat, un jeudi soir humide, il y a plein de messieurs qui ne demandent pas mieux que de se taper une branlette comme ça, dehors, la graine à l'air. Il y en a même tellement qu'il nous faut sélectionner et nous isoler dans un endroit plus discret. Comme de raison, j'ai choisi les plus beaux; j'en aurai plein la vue, quatre messieurs dehors, plus deux dans l'auto, c'est quand même suffisant pour une première.

Et c'est parti mes kikis, les sexes s'exposent et je les observe. L'un l'a long et blanc comme une asperge, celui-là long, gros et rond comme un concombre, et un autre l'a légèrement courbé, on croirait une banane. Chaque homme est différent, c'est marrant. Et bien sûr, j'ai dû les encourager un peu. Je ne pouvais pas me contenter d'être là, tranquille à les regarder en espérant les faire jouir avec mon timide sourire. Alors, j'ai montré mes seins, ça les a bravement stimulés. Ils étaient tous bien équipés, bandés d'aplomb, et ça y allait du poignet, une deux, une deux, en haut, en bas, etc., vous savez

comment. Alors j'ai entrouvert mes jambes et re-
monté ma jupe de satin, laissant apparaître le porte-
jarretelles et l'entrecuisse, le début de la petite culotte blanche et brillante dans la nuit. Ça branlait
dur! C'était, oserais-je dire, tendu.

Et enfin une éjaculation! puis deux! et le troisième qui sort la langue! Il voudrait bien me sucer,
il se branle très vite et pointe sa queue bien rose
dans le pare-brise de l'auto. Je le fixe, ça l'excite,
et là je plonge un doigt dans ma petite chatte qui
est bien douce et humide. J'écarte le minuscule
morceau de soie blanche qui me cache le sexe, je
m'expose bien, sur la banquette. Les spectateurs
voyeurs semblent apprécier le spectacle. L'atmosphère se réchauffe. Mes deux compagnons de bord
s'aventurent à quelques caresses sur ma chaude
personne, ils se masturbent aussi près de moi. Alors
tout le monde a joui en chœur. Quelques-uns sur
l'auto, d'autres sur l'asphalte et les copains dans la
voiture. Plein de sperme partout, de quoi prendre
un bain de pieds au yogourt nature. Grande substance glissante.

Qu'aurais-je pu faire de plus? Fantasmes pas-
sifs. J'aurais pu leur dire: «C'est bon, faites de moi
ce que vous voulez», mais je n'avais pas vraiment
faim, le cœur n'y était pas. Et voilà le hic, le cœur
n'y était pas, comme si j'avais le clito branché sur
le cœur.

Pourtant, le bar Machin où on peut prendre
son pied sur place, sans baratin, et bonsoir, ni vu
ni connu, c'est pratique; et le Bois de Boulogne, où

la fantaisie peut devenir réalité, c'est pas mal non plus.

Ce que j'aime particulièrement, c'est le confort d'un bon lit, me réveiller ravie dans les bras de l'amant merveilleux qui m'a bien pénétrée de son dard. Il m'embrasse partout, se lève et revient avec le plateau du petit déjeuner, en disant: «Madame est servie!» Quelle classe!

Lettre des copines

Bonjour Lili!

Telle une belle nappe de chocolat sur des profiteroles, tes histoires nous font saliver. Joyeux anniversaire à toi, notre ambassadrice préférée! On s'est fait une petite soirée de filles en ton honneur. Coucoune a encore essayé de nous refiler son Blueberry Muffin Schnaps, on a préféré continuer avec la bière. Comme digestif, nous avons relu tes lettres à voix haute, en tentant bien de t'imiter. Coucoune te réussit pas mal, mais il lui manque ce petit je-ne-sais-quoi qui te différencie admirablement. Bref, on a quand même bien ri; en fait, on s'est bidonné. On a conclu que tu étais aussi folle que Bugs Bunny, Lili, car on ignore toujours où tu nous entraînes. Mais, je te jure, nous te suivons. Tu nous manques. On t'aime. Et pour la belle trentaine, continue de t'éclater.

Mari-loup, Lucie, Lolo, Coucoune
et Miss Miou

P.S. 1: À propos, si tu penses qu'on va déchirer nos collants et risquer de se geler l'entre-deux, au cas où ces messieurs se décidaient à relever nos jupes, n'y compte pas trop! On est au Québec, «remember!», et il fait frette en tabarnouche pour batifoler au gré de sa fantaisie! Bise, Coucoune.

Au fait, on se demande si ton Philippe Sollers se promène toujours sexuellement disponible, avec pas de slip, rideau sur la perversion ou érection? Faudrait vérifier. Et tant qu'à y être, tu aurais pu nous citer Gainsbourg. On sait qu'il a horreur du collant, qu'il compare à une pelure de banane. Nous, on se fout de Gainsbourg, on trouve qu'il a une sale gueule. Exception faite pour Mari-loup qui, elle, l'aime bien: elle le trouve juste assez pervers à son goût. Enfin, tu vois le genre de discussion que tu suscites.

Mais ne nous prends tout de même pas pour des habitantes. On en a de la lingerie! des porte-jarretelles et de cossins sexy! Si on ne les met pas toujours pour sortir, en revanche, on les met pour entrer et de préférence pas toute seule. Mais, chère Robine des Bois, là où tu n'y es pas allée avec le dos de la cuiller, c'est dans tes aventures au Bois de Boulogne, avec le bain de sperme à tes pieds. On en a eu le souffle coupé et les mains moites! Mais ma vieille, on s'est dit, une histoire aussi naïve devrait être publiée. Pourquoi n'essaierais-tu pas de vendre ce genre d'histoire à un magazine érotique, comme Lui ou Playboy? On voit ça d'ici: «Les aven-

tures d'une Québécoise au Bois de Boulogne, ou:
Lili découvre que les forêts de Paris n'ont rien à
voir avec celles du Canada.»

Nous, en tous cas, ça nous a bien étonnées,
amusées et excitées. On songe maintenant à aller
s'exhiber au Mont-Royal. C'est trop gai là-dedans,
on va foutre le bordel et ouvrir l'allée des exhibi-
tionnistes femelles, l'allée des arroseuses. Qu'en dis-
tu? À propos, au risque d'avoir l'air de mères
poules, fais quand même attention aux méchants
loups. On sait que tu es forte, que tu sais te défen-
dre, mais tu es tellement tarte à la crème des fois!
Prudence. On t'aime.

Tes amies, les futures exhibies du Mont-Royal.

P.S. 2: On ne peut s'arrêter là sans t'avouer
que ce qui nous a le plus émues, c'est la fin de ton
histoire, au Bois. Le clito branché sur le cœur et le
rêve de l'amant merveilleux qui te sert le café au
lit. Là, on s'est dit: «C'est bien elle!» Dévergondée,
mais fleur bleue quand même! Dans le fond, nous
le savons, tu es juste une grande sentimentique et
romantale, ou vice versa...

Tes amies, les petites garces!

❑

Peu a peu j'ai espacé mes virées avec Francis. Avec lui, j'aurai connu les plaisirs variés de l'amour et de la cuisine, ça c'est sûr! Il baisait joyeusement, racontait des histoires plutôt drôles et ne ronflait pas après, c'était déjà rare. En fait s'il ne ronflait pas, c'est sans doute parce qu'il n'avait pas le temps de dormir après, le pauvre chéri. Tiraillé qu'il était dans ses obligations maritales, extra-conjugales et extra «ordinaires» pour ne pas dire extra-terrestres avec moi, le voilà qui se trouvait contrarié que j'habite chez des mecs. Infidèle mais jaloux tout de même. Une loi deux mesures pour monsieur. Il me souhaitait exclusivement disponible. Évidemment il ne connaissait pas encore mon nouveau dicton: «Deux tiens valent mieux qu'un tu l'auras peut-être!» Ces moments libres – début d'après-midi, à minuit, ou à deux du mat – ne correspondant plus nécessairement à mon nouvel horaire, il est devenu exigeant, suspicieux. Pour le rassurer, je lui disais: «Mais voyons, chéri, tu devrais savoir qu'une femme ne peut être infidèle à ses amants qu'à condition, bien entendu, d'en avoir plusieurs.» Il ne semblait pas tout à fait d'accord. Pourtant c'est bien le même sommelier qui m'avait dit un jour, pour justifier ses infidélités: «Peut-on demander à un sommelier de goûter toujours le même vin?» Bien sûr que non! Alors je dois commencer à être œnologue moi-même, parce que pour apprécier un grand cru, c'est comme pour les hommes, faut en avoir goûté d'autres. On s'est tout de même quittés bons amis.

❏

J'aime bien habiter avec des mecs. Je vais enfin pouvoir décrire les mœurs des véritables autochtones mâles français en direct de ma chambre à coucher, qui est très jolie, pourvue d'un immense foyer et décorée de naïves peintures haïtiennes. Sur mon lit repose une immense douillette rose et non moins douillettement étendue au-dessus, moi Lili Gulliver, en direct du «logis de la cour», comme on surnomme l'appart.

Physiquement, ils ne sont pas moches du tout. Jean, celui qui était à la partouze, a de jolis yeux verts et les cheveux châtains. Bien qu'il ne soit pas grand, comme je les aime, il possède un charme évident, en plus d'être très futé. La preuve, c'est lui qui a pensé à moi comme interprète. Me sachant québécoise, il en a automatiquement déduit que je causais *english*.

Son compère, Louis, est plus grand, plus beau, plus prétentieux, mais plus drôle aussi. En apparence, il a un peu l'air d'un obsédé, et dans le fond je crois qu'il l'est un peu. À sa façon de me mater, ça se sent, il évalue la marchandise. Moi, je l'aborde de façon très simple, froide, qui signifie bien que je ne suis pas là pour batifoler mais pour travailler. Voilà grosso modo, mes observations d'anthropologue amateur...

Après une semaine de cohabitation, je peux maintenant certifier sans le moindre doute que mes deux avocats sont comme la plupart des Français que j'ai rencontrés, entièrement voués au Culte des Postérieurs. Depuis une semaine, j'en entends des vertes et des pas mûres. Si vous saviez tout ce qu'ils peuvent raconter sur les filles, ces deux-là! «Non, mais! t'as vu celle-là, ma cliente de 15 heures, elle a vraiment un cul d'enfer!» Et Jean de rajouter: «La femme de machin, elle a tout un sourire de salope. Cette espèce de moue gloutonne, je la mordrais. Son mec en a encore pour six mois, va falloir que je m'occupe d'elle plus sérieusement. Et la nouvelle caissière de la Banque, t'as vu les boules qu'elle se trimballe!» «En bas, la beauté exotique de l'agence de voyage, je crois bien que je vais lui offrir un grand voyage, au bout de ma bite!» Ils s'amusent, les mecs.

Je vous assure, décarcassées ou en pièces, ils nous trouvent à toutes un je-ne-sais-quoi, mais ils le trouvent.

Avocates, boulangères, caissières, institutrices, infirmières, secrétaires, ils nous sauteraient toutes à la queue leu leu! Insatiables! Ils sont à la recherche de la femme des femmes, la crème des crémières, la merveille des merveilleuses. Pourtant, parfois, je les trouve essoufflants, superficiels, cons, ils m'épuisent avec leurs stéréotypes, leurs visions, leurs fantasmes. Mais à l'occasion, je dois l'avouer, ils sont un peu comme nous dans leur recherche de la femme idéale, et je crois finalement qu'ils sont aussi exigeants que nous le sommes...

Bref, assez rapidement, je suis devenue leur complice, leur copine, et je partage avec eux ma vision de l'univers femelle. Univers que je connais parfaitement, tout aussi fascinant que cet univers masculin que j'explore encore avec beaucoup de joie: je ne m'ennuie pas trop. Et j'en vois de toutes les couleurs. Il faut dire qu'ils sont assez sollicités par ces dames. Ils sont drôles, intelligents, financièrement à l'aise, dotés d'une réputation de libertinage à ne pas laisser indifférente la nana qui veut s'amuser ou qui s'ennuie avec son bon mari. C'est fou le nombre de femmes mariées qui les réclament! Un jour, j'écrirai un roman sur les péripéties amoureuses de ces deux-là: elles sont vraiment bizarres.

Comme l'histoire authentique de cette jeune femme maso que Louis a déjà eue comme maîtresse. «Parfois, raconte-t-il, je devais l'attacher au frigidaire, avant de partir pour aller travailler, et elle m'attendait ainsi, ligotée, toute la journée. C'était une Noire, une esclave africaine qui avait eu avant moi un maître germanique, très sadique. D'une soumission à toute épreuve, elle portait un collier de chien, se déplaçait à quatre pattes et aimait manger dans un plat, par terre, comme une chienne.»

Elle faisait tout, absolument tout ce qu'il exigeait. Pourtant à un moment donné, il a eu peur d'aller trop loin. «C'est un sentiment étrange qui vous envahit quand quelqu'un s'offre comme ça, on apprend beaucoup sur soi. Je me suis alors demandé jusqu'où je pouvais aller avec elle. Elle adorait offrir sa croupe aux lanières du martinet, elle se laissait ligoter et adorait être tabassée, piétinée, humiliée, n'importe quoi. Plus je la maltraitais, plus elle en était reconnaissante. Après un certain temps de ce jeu dangereux, j'ai eu un peu peur de moi. Je crois que si j'avais voulu la tuer, elle m'aurait laissé faire. Je n'avais jamais eu autant de pouvoir sur quelqu'un. Ce qui avait débuté comme une espèce de jeu de fantasmes était devenu beaucoup trop sérieux. En la dominant comme ça, j'allais devenir aussi fou qu'elle. J'ai tout arrêté. Elle m'a rappelé souvent. Je ne veux plus jamais la revoir. Si une certaine Marguarita me rappelle, je n'y suis pas, en aucun cas.»

À cette étape des confidences, j'ai failli lui dire: «C'est ça, Narcisse, le sadique ultime refuse de faire souffrir une masochiste! T'es qu'un vilain sadique!» Nous avons éclaté de rire.

Notre complicité se développe. Avec le temps, je dois admettre que je les trouve attachants, tendres, amusants. Quelquefois ils friment et se protègent, mais dans le fond, je suis convaincue qu'ils sont tout de même des ti-gars sensibles. Les hommes ne sont jamais que de grands gamins. San Antonio a judicieusement écrit: «On nous appelle les hommes, mais nous ne sommes que de petits garçons. Tous les hommes, surtout les forts, ont besoin du giron maternel de temps en temps pour se réchauffer le cœur.»

C'est sûrement mon tendre côté maternel qu'ils ont découvert. Avec le temps, ils se sont ouverts et confiés et je comprends mieux leur comportement légèrement névrosé. En fait, je crois qu'ils me considèrent un peu comme leur grande sœur, ils me protègent et s'occupent bien de moi. Et on s'amuse.

Avec Narcisse-La-Galette – Louis, je le surnomme Narcisse parce qu'il est beau et toujours en train de se mirer, et La Galette, parce qu'il est riche, et qu'on le sait –, nous allons parfois, lui et moi, tourner à Saint-Germain-des-Prés, dans sa grosse déclaration publique d'opulence, sa belle Porsche couleur *gold* coupé sport. Ça me fait drôle de voir les gens nous regarder comme si nous étions l'étendard de la réussite ou de grands voyoux de luxe. Je n'ai pas l'habitude de la frime en bagnole, car Narcisse, le beau salaud, se sert de sa voiture pour appâter et draguer. C'est débile, il le sait, mais ça marche. Ma complice mission est de lui signaler les jolies filles, et lui, s'il voit un mâle intéressant, il me le pointe. Je vous dis qu'il ne pointe pas souvent et on ne partage pas vraiment les mêmes goûts, hommes ou femmes.

– Regarde la petite brune en robe rouge, elle est mignonne, non?

– Ouais! belle gueule, mais elle n'a pas assez l'air salope!

– Et lui, le grand type avec des lunettes, il te branche pas?

– Celui avec un nez à fumer sous la douche? Tu te moques de moi?

On finit alors par s'engueuler, puis rire et enfin sortir de la cage dorée pour aller boire un verre.

Dans un bar, Narcisse n'est pas de tout repos. Placé à côté d'une femme qui lui plaît, c'est un vrai spectacle! Je dois avouer qu'il pratique l'art de séduire avec un talent des plus singuliers. Rien ne l'arrête! Il engage la conversation facilement et déverse sur sa proie un flot d'adjectifs à faire pâlir un poète! C'est vrai que son métier nécessite une verve particulière: il sait vendre sa salade.

En tous cas, ça marche. Chaque fois que nous sortons ensemble, après qu'il m'eut gentiment présentée comme une cousine d'Amérique, il fait son baratin aux demoiselles et réussit toujours à leur soutirer des numéros de téléphone et des rendez-vous. Il a ainsi de quoi s'occuper toute une année, et tel un écureuil, il amasse! Et sacré lui, qu'il peut être fier! Un gamin! Mais enfin, je ne sais pas si c'est son sourire, ses yeux brillant d'une redoutable petite étincelle, son charisme ou son magnétisme machiavélique, mais il poigne! Ah ces Français! ils sont rusés et fin renards!

Lettre de Miss Miou

Bonjour, ma belle bougresse!
Eh bien! contrairement à toi, on ne branle pas grand-chose ces jours-ci. Je vais te dire: nous t'envions presque, surtout en cette fin d'automne où la neige collante commence déjà à s'abattre sur nous. Du coup, nous voilà devenues plus pantouflardes, plantées comme des patates de sofa à germer stupidement devant «nos dames de cœur» et à regarder comment quatre bonnes femmes d'Outremont vivent leurs affaires de cœur! Ces jours-ci, c'est drabe!

Tiens, l'autre jour, Coucoune et moi décidons d'aller au bar des Zéclopés pour nous changer les idées. Tu sais, les Zéclopés, cet établissement qui ouvrait juste avant ton départ, à deux pas du resto Le Plus Moche, et de biais avec le Bar des Miracles. En entrant, on s'est rendu compte que nous n'étions pas les seules à avoir eu cette idée. C'était plein. Ben oui! l'heure heureuse où l'on peut boire deux consommations pour le prix d'une. Toujours est-il que ce petit bistro du Plateau Mont-Royal jouit d'une forte popularité et attire dans son antre l'écume d'une certaine jeunesse: celle qui parle fort et boit beaucoup. Je crois que tu devrais être d'accord avec moi: selon mes fines observations, les buveurs de bière sont en général lourdauds et pas très sexy, assis sur leur cul avec leur bedaine de bière; les buveurs de vin sont tout de même plus spirituels et raffinés, non? Enfin, aux Zéclopés, on a l'impression de traverser un gros village québécois. On y retrouve des gangs d'Alma, de Drummond, de Rouyn... J'ai rien contre eux, mais Joual vert! il me semble qu'ils pourraient faire un effort su' leur look! On est en ville. À voir le look de certains, on se croirait au Happy Hour à la fin d'une journée à bûcher dans le bois. M'enfin, on nous avait dit que c'était une bonne place pour draguer... la Pitoune? Tu parles!

Enfin, pour s'amuser, on s'est joué une partie de baby-foot. Tu sais, ces petits bonshommes qu'on fait tourner en rond autour d'une rondelle. Palpitant! J'ai perdu 6 à 2. Je suis revenue au bar. Il y avait des professeurs, des étudiants, des professionnels, des chômeurs, des glandeurs et, devine, des globe-trotteurs qui s'offraient le tour du monde en bouteilles de bières importées, de la broue exotique pour les grands péteurs de broue! À mes côtés, un grand blond barbu, pas trop moche, buvait une bière Pilsner Urguel de Tchécoslovaquie avec un vague souvenir de Prague dans ses yeux perdus au fond de la bouteille. Passionnant, tu me diras! Il n'a pas levé une fois les yeux vers moi pour me regarder. Enfin, quand Coucoune est revenue de sa

partie de Pendu, on a calé nos verres et nous avons
décampé! Y avait trop de fumée, et c'était évident
qu'il n'y avait rien à se mettre sous la dent et sous
la couette. Ils préfèrent la rousse, la blonde et la
brune en bouteille, l'enchantement décapsulé
quoi... Bref, ce n'était pas le bon soir. On s'est tapé
un Rock et Belles Oreilles en rentrant, ça nous a
au moins fait sourire. Comme tu vois, c'est pas aussi
excitant qu'à Paris.

   Sacre! Moi, j'aimerais bien qu'on m'invite,
qu'on me dise: «Viens jeudi soir, il y aura trois, quatre beaux gars que tu connais pas et qui meurent
d'envie de te connaître. Tu ne connais pas Oscar?
il est tout à fait ton genre, drôle, sexy, intelligent.
Viens, tu n'auras que l'embarras du choix.» Ça
serait chouette, non? On ne serait pas obligé d'aller cruiser et de perdre un temps précieux dans les
bars. Ça manque nettement d'imagination, ici! Par-
thouse et cie, connais pas! Cette semaine, je vais
en discuter avec les autres, puis on va organiser
une fête et s'inviter des mecs, et se les offrir en
cadeau, entre copines. Rien que des types qu'on ne
connaît pas, mais qui nous sont référés par nos
amies. On s'habillera sexy, porte-jarretelles et frou-
frous, et j'espère qu'on s'amusera. Si ça marche en
France, ça devrait marcher ici. Pas besoin d'attendre une décennie. Non, Well! Comme tu vois, tu
me donnes de ces idées! Si on t'invite, reviendras-
tu?

   À la revoyure!

                              Ta chum Lucie

Chapitre IX

Comble de finesse, je marine dans un bain à l'huile d'avocat. Décidément, je n'en sors pas! Et pendant cette délicieuse trempette, je pense à tous les mâles de la planète. Ah, les hommes! Sans eux, la vie serait différente, hein! À quoi cela servirait-il d'être belle, si ce n'était que pour être flattée et honorée de leurs yeux doux? Je veux bien souffrir pour être belle, mais en fin de compte, il faut qu'ils soient présents, frais, disponibles, prêts à donner. Dans le fond, on a besoin deux. Ils sont grands, forts, protecteurs et leur bite, lorsqu'elle s'agite en nous, nous fait oublier bien des soucis. De quoi nous dérider. Horizontalement parlant, ils sont adorables; à la verticale, c'est une autre affaire. On en reparlera. Mince que je suis machette, me diriez-vous! Ouais! Je me sens d'attaque. Ce soir, c'est la fièvre du samedi soir et j'ai accepté le rendez-vous d'un type que Natacha m'a référé: une bonne affaire.

C'est donc dans cette heureuse disposition d'esprit de chasseresse que j'entreprends cette soirée. Mine de rien, on a beau causer cul, je ne baise pas souvent ces jours-ci!

Narcisse m'observe dans le miroir tandis que je suis en train de me pomponner.

– Comme ça, ma grosse – grosse: terme affectueux qui n'a rien à voir avec mon léger poids réel –, t'en fais un cirque pour aller te faire sauter!

– Gros Naze, que je lui réponds en termes tout aussi affectueux, tu n'as rien compris au film. Dans dix minutes, un type qu'une copine française m'a référé comme étant un bon coup, va sonner à la porte. S'il me plaît, j'irai boire l'apéritif et dîner avec lui dans un resto de mon choix et, s'il me plaît encore, j'irai peut-être le «sauter», comme vous dites. Il me semble que je suis mûre pour une bonne partie de jambes en l'air.

– Quoi? s'esclaffe-t-il! Hé ben, ma grosse!

À le voir, on croirait que les yeux vont te sortir de la tête! La France est un pays d'hommes faciles qui ne savent même pas qu'ils le sont. Pourquoi pensez-vous qu'il y a tellement d'Allemandes et d'Américaines qui prennent leurs vacances en France? *Because you are so «easy to get»!* C'est un pays super-amusant pour des chasseresses de mon genre.

– Petit mec, c'est moi qui choisis au bout de la ligne. Classique: l'homme propose, la femme dispose.

Il reste bouche bée. L'oie blanche a parlé...

Le plus cocasse a été de voir sa face lorsqu'il est allé ouvrir la porte au type qui venait me cueillir. Brillait au milieu de sa face de gros naze, un de ces petits sourires éberlués. Je lui ai glissé un clin d'œil complice et suis partie avec mon escorte, Carl.

Nous irons d'abord bouffer. Et pour le reste et le sexe, nous verrons bien...

Le Carl en question est imposant! Physique de Depardieu, gueule de Brando, une belle pièce d'homme! Pour un *blind date*, je suis aveuglée par son charme. À son regard, pas besoin d'un discours pour deviner que je lui plais. Les quatre premières secondes se sont déroulées comme dans un film muet, juste avec l'intensité des yeux. Remis de notre belle découverte, il se présente et nous échangeons quelques banalités. Il possède cette belle voix grave d'animateur radio qui fait se masturber les femmes la nuit. Impressionnant!

Et nous roulons en Citroën, jusqu'au Jardin de la Paresse, un resto convenable, parc Montsouris. L'atmosphère y est très *british*, le service assez lent, la cuisine un tantinet décadente, comme dirait une vieille tante. Je m'en réjouis, épanouie, avec ce bon vin que nous buvons, et la conversation intéressante qui l'alimente. Mes yeux brillent, une douce chaleur se répand dans tous mes membres. Je me sens bien.

Carl me fascine, et même en mangeant sa volaille, il me dévore des yeux. «Vous savez, dit-il, vous êtes ravissante.» Je rougis, c'est vrai! J'aime son côté sûr de lui. Pendant le repas, il se montre toujours aussi prévenant et attentif. Avec de pareils types, on se retrouve vite dans la peau d'une princesse. À la fin du repas, il s'empare de l'addition. Il fait un peu vieille école: la bienséance, les bonnes manières, ouvrir la portière, régler l'addition, tout pour plaire aux dames!

L'addition réglée, comment lui retourner ça? J'entends les sarcasmes de quelques jalouses. Retourner quoi? Il me plaît, cet homme. Avec lui, j'ai plus soif de luxure que de tendresse: je suis plutôt fascinée, très fascinée par son côté très mâle, un peu comme je le serais avec Depardieu. «Il y a des types avec qui l'on rit, d'autres avec qui on jouit», je pense que j'ai dû lire ça quelque part. Le digestif, bien entendu, il me propose de le prendre chez lui, sur sa péniche. Et œuf corse, j'accepte.

Je ne sais pas si vous pouvez imaginer le topo, mais une péniche, sur le bord de la Seine, avec vue sur la tour Eiffel, c'est magique, exotique et plutôt érotique. Le bruit du clapotis de l'eau contre la coque, le léger bercement des vagues, l'air du large et l'odeur du cognac, comment terminer mieux un repas?

Quand sa bouche sensuelle rencontre mes lèvres hypersensuelles, et que ses mains se transforment en pieuvres enrobantes, les mots se décomposent presque dans ma tête en ébullition. Il me transporte alors dans son alcôve marine et glisse avec moi sur les draps de velours. Puis il effleure de ses lèvres pulpeuses chaque petit centimètre de ma peau douce et parfumée, jusqu'au nombril. Et comment décrire ce moment fantastique pendant lequel il vient glisser sa tête ronde entre mes cuisses satinées et veloutées? Sa langue agile s'agite sur mon sexe tel un gastronome sur un escargot; il lui titille les antennes à gauche, à droite, s'attarde au milieu et enfouit enfin sa langue dans ma petite ruche à miel. Ça bourdonne en moi. Ah! extase! Du coup, reconnaissante d'un aussi joli et agréable remue-ménage, je me sens incroyablement femelle et j'ai envie de lui...

Pour le lui manifester, je me place en position de levrette, fesses remontées, reins cambrés. Je m'offre pleinement à lui. Au moment où il me pénètre, il domine parfaitement la situation. Ses mains un peu rudes de marin me pétrissent les fesses et les caressent, pour les frapper légèrement. Je rougis, m'empourpre, j'aime ça! Puis il ramène sa main sous mon ventre, et s'agite en moi avec vigueur. Je halète et lui balance des trucs strictement confidentiels, pour adulte *only*. Mon excitation le stimule et voilà qu'il se déchaîne comme un taureau ruant dans les brancards. Il parle, je gémis, il hurle et nous sombrons dans le plaisir.

Là, après m'avoir réabreuvée de compliments et de cognac, il me dit: «Tu sais, j'aime beaucoup ta croupe et je sens que tu as un joli cul et...» Enfin, bref, non seulement il ressemble à Marlon Brando, mais il voudrait bien avoir ses manières au lit.

À force de parler cul et de tourner autour du sujet, il fallait bien un jour mettre le doigt dessus et pourquoi pas, une belle bite rose dedans? C'est connu, dingue est le nombre de Français voués à la culture grecque (que les Grecs m'excusent).

Le sujet est délicat, voire presque tabou, surtout en Amérique. Avec la peur du Sida, les choses ne s'améliorent pas. Ciel! que l'éducation catho a eu des répercussions dans nos alcôves!

Mais dans le fond, sans vouloir faire un cour d'éducation sexuelle, le petit brun, un coup lavé, demeure propre beaucoup plus longtemps qu'une petite noune qui mouille et transpire. Je crois que c'est un blocage collectif qui se passe au niveau de l'œillet. Je ne me souviens pas que l'on se soit vanté de cet exploit. «Le cul, c'est comme un temple sacré, n'y pénètre que celui qui sait qu'il peut.» Bon, il est vrai que cela peut être parfois douloureux, qu'il faut être stimulée et préparée pour l'événement. Mais se donner tout orifice peut être *d'un grand sacrifice jouissif*. Sinon, il n'y aurait pas tant d'enculés et d'enculeurs dans ce vaste monde. Dominant, dominé. En résumé, le dernier tango à Paris se danse fréquemment, avec ou sans beurre. Bien sûr, il n'est pas nécessaire d'aller à Paris pour ça. Puis, ça m'était déjà arrivé, mais avec mon chum steady, pour casser la routine, comme on dit. Puis aussi à titre expérimental: «Si ça me fait mal, t'arrêtes, O.K.?» Mais avec ce Carl, c'est différent. C'est pas l'amour, c'est pas la découverte collégienne, ce serait plutôt le cul pour le cul...

Mais voilà, «pas ce soir, chéri, j'ai la migraine». Le projet était ambitieux, sans doute, mais Morphée est venu attraper le conquérant, avant. De toute façon, ce genre de truc, on garde ça secret. Si c'est arrivé, je ne m'en vanterai sûrement pas! Moi aussi, j'ai reçu une bonne éducation catholique. Mais comme l'écrivait Lafontaine: «L'abstinence des plaisirs me paraît un péché.»

Le lendemain matin, on peut l'imaginer, mes

deux nazes d'avocats m'attendaient, avec des airs de belettes.

– Alors, ça s'est bien passé pour toi ma grosse? demande Narcisse. Ça y est, tu t'es fait tirée?

– Oui, oui, que je réponds. Je lui donnerais approximativement le classement de 4 bites!

– Ah! parce que tu classes les bites en plus? T'entends ça, Jean? Elle est chiée la Québécoise!

Chiée veut dire ici futée. Vaut mieux ici être chiée que chiante.

Lettre de Coucoune

Balatou

Ma chère Lili,
Ici, il fait un temps à écorner les bœufs. Un
peu frileuses, en manque de chaleur et d'exotisme,
trop fauchées pour nous envoler dans le sud, Lucie
et moi avons décidé, l'autre soir, d'aller secouer nos
cages, de mettre de la couleur dans nos vies et d'aller nous démener dans les nuits chaudes et épicées
du Balatou. Tu sais, la boîte black de Montréal. On
s'est dit que pour se dégeler les semelles et percer
la nuit et afin de remuer les zombies qu'on était en
passe de devenir, rien de tel qu'une salsa piquante.
À défaut d'un grand voyage comme le tien, on trou-
vera tout de même ici le dépaysement garanti.

Au moins on trouve des rires, de la camarade-
rie et un peu plus. Faut dire que ça niaise pas trop
pour l'abordage, le désir peut surgir rapidement
(mets-en!). L'approche mâle versus l'approche femelle est, qualifierais-je, plutôt directe et rapide.

Ça ne leur prend pas des heures aux types à

se dégourdir pour venir te demander à danser. Ça change de ces autres bars branchés stagnants avec des piliers bien vissés. Au contraire, c'est plutôt l'embarras du choix. Certains Noirs, hélas! se vexent facilement si tu refuses de danser avec eux. Et la traditionnelle question qui s'en suit:

– Pourquoi pas vouloir danser avec moi? C'est parce que je suis Noir?»

– Non, c'est parce que t'es con. Si j'aimais pas les Noirs, coco, je ne viendrais sûrement pas ici.

Je réprime l'envie de lui balancer: «Des types comme toi, je secoue un arbre, il en tombe dix, alors dégage, tu me fais de l'ombre.»

Soudain, au milieu d'une conversation avec Lucie, un beau grand Noir nous interrompt et me demande à danser. J'y vais allégrement. J'adore ça, danser avec les Noirs. C'est fou comme ils bougent bien. Les Noirs sont à la danse ce que les Blancs sont au hockey, surtout le samedi soir. Je laisse Lucie, qui est encerclée par les sosies de Michael Jackson et ses frères. Et je danse la salsa et le zouk, avec mon beau grand Noir au déhanchement féli-nesque. Il semble fier de sa danseuse et avoue qu'il aime une fille dans mon genre. Il a du goût, tu ne trouves pas? Je l'en félicite. Avouons que c'est mi-gnon. Quatre à cinq danses plus tard, je retrouve Lucie toujours entourée de son orchestre d'admira-teurs. On poigne! J'en profite pour bavarder avec mon grand danseur qui est marrant, il a un certain sens de l'humour... noir. Imagine, il a écrit un livre qui s'appelle Comment faire l'amour avec un Nègre sans se fatiguer. Pas reposant! Interesting, tu ne trouves pas? Pendant qu'il m'expose ce dont il est question dans ce fascinant roman, une question me trotte dans la boîte à fantasmes: «Comment faire l'amour avec un Nègre sans le fatiguer?» Je suis convaincue que ça doit être un bon coup, ce type. Déjà quand il m'a embrassée au bar, j'ai trouvé que ses lèvres étaient bondissantes comme des éponges, et je sentais battre son gros cœur contre son zipper. J'ai cependant dû contrôler nos envies, Lucien m'attendant à la maison. Enfin, je suis sensée le revoir bientôt et je te raconterai tout en détail, ma petite aventurière. À propos, il fait peut-être un temps à écorner les bœufs, mais bientôt, s'il continue de regarder le hockey tous les samedis soir, Lucien va porter des cornes. À suivre. Et moi je vais tourner au vit nègre.

Coucoune

Chapitre X

Je me suis réveillée hier le long de la Seine, par un de ces beaux matins ensoleillés de novembre, sous le ciel bleu de l'île Saint-Louis, avec l'impression d'être tombée directement dans l'univers sentimental des Français. Paris est beau, vu au bord de l'eau.

Après une autre virée d'alcôve marine des plus satisfaisantes, nous sommes montés vers minuit sur le deck du bateau, pour y voir les étoiles et regarder miroiter les lumières de Paris en bord de Seine, sous la protection bienveillante de la tour Eiffel illuminée. On s'est assis sur la banquette, Carl a sorti une Gitane et il s'est mis à parler. Il m'a parlé de lui, de sa vie, de ses aventures, de ses projets. De sa copine Anne, une hôtesse de l'air; depuis deux semaines, l'hôtesse était en vol, mais c'est le marin qui s'envoyait en l'air. Mais voilà que bientôt l'hôtesse regagnerait péniche et pénis flottant. Ceci dit, il n'y a pas de quoi s'inquiéter, me rassure Carl. Anne n'est pas du genre possessive, elle est plutôt assez ouverte. En fait, il paraît qu'elle est très mignonne, dotée d'un corps sublime, presque comparable au mien; de plus, Carl est convaincu que je plairais bien à sa copine.

– Ça ne te dirait pas de venir avec nous en week-end? Nous prendrions bien soin de toi, Anne et moi!

Bien sûr, dans la panoplie des possibilités érotiques de Paris by night, il ne me manquait plus que le triumvirat sexuel. Sur quel bateau me suis-je embarquée? Carl m'explique qu'il serait doublement heureux si j'acceptais et il tente avec enthousiasme de me convertir aux joies du pluralisme.

– Tu verras, c'est une fille très jolie, très douce, très sensuelle. Elle aime beaucoup bouffer les chattes de mes amantes, pendant que je les enfile par derrière...

Je visualise la scène. J'essaie de m'imaginer, moi, Lili, en train de me faire brouter la chatte tandis qu'on m'enfile par derrière. Après ça, je pourrai toujours écrire des romans pornos, j'aurai tout connu. Carl souhaiterait que je devienne tout comme son Anne, complice tout terrain, apte à vivre les exigences de ses fantasmes les plus audacieux. Oh! My god et miché! Moi, encore si naïve, jouer les troisièmes violons ou danser les derniers tangos, voilà que ça ne m'excite pas vraiment. En fait, pour qu'une aventure sexuelle soit vraiment excitante, il y faut tout de même le désir. C'est l'étincelle qui met le feu au foyer. Je me propose de réfléchir, comme la lune sur la Seine en ce moment, à cette alléchante proposition. En attendant, je regagne la maison de mes avocats. Je décide de le

moins bien assortis. Une superbe noire chocolat au lait dîne avec un vieux croûton sec, mais sans doute riche. À la table du coin, deux gros chauves ont l'air aussi concentrés que deux nourrissons sur les énormes tétons d'une brune en décolletée qui fait baver la table entière. Un peu plus loin, un couple assez chic, mais blasé, semble plus fasciné par la compagnie environnante que par ce qui gît dans leur assiette, comme s'ils cherchaient autre chose à se mettre sous la dent.

Pourtant, je dois l'avouer, la bouffe est assez fine et l'aquarelle de fruits de mer me distrait agréablement. Manger enfin, j'ai faim! Manger et s'en mettre plein partout, tout est possible au *Feeling*. Groucho Marx disait: «Tout ce qui ne peut être fait au lit ne mérite pas d'être fait.» En France, on peut substituer le lit pour la table... Nous sommes six à notre table. Louis et moi, les deux clients Marseillais – qui, à propos, ont un de ces accents à la Fernandel – et deux fausses blondes poudrées pas très bavardes. Les Marseillais par contre le sont, de vrais moulins, et depuis que Louis leur a dit que j'écrivais pour *Playboy*, ils me manifestent le plus grand intérêt en monopolisant mes oreilles avec leurs histoires salées. Ils me gonflent avec leurs exploits de cul à la con! Ces deux libertins qui clament leurs victoires entre les huîtres et le champagne me font le bilan de leurs coups, sous l'œil torve de leurs gonzesses impassibles. Ils se grisent de leurs paroles en s'écoutant. Moi qui soi-disant m'intéresse aux histoires de sexe, je serai servie jusqu'au digestif! Je suis en passe de devenir un kleenex oreille, les

mecs tentent de m'impressionner avec leurs coups
de bites verbaux.

Extraits du supplice: «Hein, Olivier, tu te souviens de la femme de Lapoire? Elle venait à peine
de se faire limer par son mari – un Belge –, qu'elle
était encore fumante quand tu l'as prise devant lui
sur la table de billard. Tu lui as bien secoué la caisse
à celle-là!» Rires.

«À propos, la Québécoise, savez-vous comment on reconnaît un Belge dans une partouze?
C'est le seul qui baise sa femme!» Et la suite...

«N'empêche que t'étais pas triste à voir à
l'hôpital! Albert, il s'est farci presque toutes les infirmières de l'étage. Il y a aussi le soir où on s'est fait
la Linda – tiens, ils la connaissent – à deux. On lui
a fait sa fête à celle-là. Et la grosse salope, qui a
été obligée de nous montrer ses fesses, sinon on
réveillait tout l'immeuble, un soir, en revenant de
la Place Dauphine.»

Heureusement que d'autres plats sont arrivés,
pour leur fermer la trappe, parce que plus cons et
plus machos qu'eux, tu meurs! Ces deux-là, ils font
presque toujours leurs coups à deux, question de
se sécuriser. Tout ce qu'ils souhaitent, c'est se fen-
dre la poire, pendant que les dames se fendent le
cul. Rien ne tourne rond dans leurs citrouilles, que
je me dis. Ils me proposent un week-end avec eux
pour se biographer... Saintes!

En tous les cas, ce soir, je n'ai pas trop la
pêche. Je m'ennuie comme une espèce de hors-
d'œuvre et je n'offre pas ma petite bouille à baise.
Certains hommes sont comme des légumes, faut

que ça saute, mais lorsqu'ils ont aussi l'esprit légumineux, c'est inquiétant.

Ce soir, j'ai besoin du grand frisson. Je termine ma glace, mon digestif et je m'arrache, car comme la sensualité, je n'ai pas ma place ici. Ciao, les mecs!

Le lendemain, Narcisse, qui a constaté que je ne m'étais pas éclatée la veille, me reparle de cette soirée – agitée pour lui – et de sa fin, parce que lui, bien sûr, est demeuré sur place jusqu'aux petites heures.

– Ils ne te plaisaient pas mes clients?

Je lui balance alors ma façon de penser:

– Écoute, Narcisse, je commence à en avoir marre de ces vantards. Non, mais, pour qui ils se prennent, ces petits caïds? Faire comprendre à des machos que le sexe doit être accepté comme un échange dans l'égalité, c'est comme enseigner les droits de l'homme en Afrique du Sud. Ils sont lourds et nuls, tes potes, et ils se prennent pour des don Juan! En fait, j'ai lu que le donjuanisme était une forme d'impuissance que l'homme avait besoin de stimuler par le changement. Voilà, vous êtes une bande d'impuissants collectifs.

– Ah bon? Tu ne dirais pas ça si tu étais restée sur place, les impuissants ont limé dur dur.

– Je m'en fous. Sont impuissants dans la tête, avec une bite de travers dans le cerveau. Dis donc, c'est bien beau de déconner, mais l'amour, la tendresse, les sentiments, existent-ils dans vos places de cul à la con?

– Mademoiselle est sentimentale?

– En tous les cas, le vrai grand amant, c'est celui qui fait l'amour avec la même femme depuis trente ans.

– Et bobonne, elle lui cuisine des pommes de terre chaque jour? Voyons-donc, petite conne, mangerais-tu à la même cantine pendant 30 ans?

– Comment oses-tu comparer femmes et cantines, imbécile?

– Écoute, miss Lili Gulliver, tu es la première à te farcir un mec quand il te plaît, du moins, c'est ce que tu prétends. Es-tu à côté de tes pompes, ce matin? Ce n'est pas toi qui dis qu'il ne faut pas nécessairement engager ses sentiments dans le corps à corps? Ça va pas la tête?

– Peut-être, mais là j'en ai simplement marre des gros machos à la con...

Là-dessus, Jean se pointe dans la cuisine.

– Hé! Dites! vous pourriez pas baisser le ton, il y a des clients qui se bidonnent dans la salle d'attente.

– Non, mais, tu sais pas ce qu'elle raconte la Québécoise du *Guide Gulliver*? Elle dit que le meilleur amant baise la même femme chaque jour depuis trente ans...

Jean me regarde bizarrement, il hoche la tête, perplexe, et dit à Narcisse:

– Allez, laisse-la rêver.

Ils partent en me déclamant cette citation de Beaumarchais: «Boire sans soif et faire l'amour en tout temps, madame. Il n'y a que ça qui nous distingue des autres bêtes.» Que répondre à ça*? Ils ont peut-être raison. Je sors prendre une marche, histoire de calmer mes esprits.

Il est vrai qu'aujourd'hui, je ne file pas. Je me sens fragile comme un œuf mollet. Je dois me changer les idées, les filles me manquent. Ô Canada, terre de mes aïeules, comme tu es loin! Tandis que les grands orignaux broutent la mousse au nord des grands sapins et que les castors se font gentiment tailler des pipes par les canards, je suis en plein trafic parisien.

Ah Paris! Son monoxyde de carbone! Ses bruits de klaxon! La folie! Je me promène et j'ai l'impression de peser une tonne, de trimballer mon gros vide, comme Atlas le poids de la terre. Normal peut-être, j'en suis à ce certain petit temps du mois. Il y a des jours où l'on se sent incomprise, où l'on ressent le besoin de s'exprimer simplement ou qu'on nous laisse tranquille. Aujourd'hui, c'est un jour comme ça. Je pars faire des courses. Tout commence mal. J'entre dans une pharmacie – un drug store, comme on dit ici. Innocemment, mine de rien, j'inspecte les rayons. Soudain s'approche une vendeuse chiante.

– Bonjour, madame, vous désirez?

– Euh, oui, euh... Je cherche des serviettes sanitaires...

– Pardon?

– Des serviettes sanitaires, s'il vous plaît, madame.

---

* Ce qui nous distingue des animaux, c'est que nous cherchons aussi à satisfaire notre besoin d'amour!

J'articule au maximum, et pourtant.

– Des quoi? Des serviettes comment?

– Des serviettes sa-ni-tai-res.

– Ah! bon!... Je crois que nous n'en avons pas.

Elle se tourne vers le gérant, occupé avec un client.

– On n'en a pas, hein... des serviettes sanitaires?

Le client, jeune et timide, me sourit d'un air niais. Je commence à être sérieusement embarrassée. Une bouffée de chaleur commence à m'envahir, tandis que la vieille dinde répète.

– Serviettes sanitaires... Non, je ne vois pas du tout...

À ce moment, j'avise une boîte de serviette Machin. Et elle claironne:

– Ah! mais ce sont des protège-slips que vous cherchez!

– Oui... Oui...

– Nous regrettons, mais la marque *sanitaire*, nous n'en avons pas.

– Ça ne fait rien madame, ça ira.

Elle me prend la boîte des mains et m'emmène à la caisse.

– Vingt-six francs, s'il vous plaît.

Je fouille dans ma poche. Je n'ai que vingt francs sur moi. Ô déchets de poires!

– Vous n'auriez pas un format plus petit? que je lui demande, avec un sourire digne de la vache qui rit.

Soudain, elle me regarde comme une dinde

qui aurait trouvé une lame de rasoir dans son steak! Outragée!

— Des serviettes plus petites! Mais voyons, madame, vous avez pris les minis!

— Non, non! Je veux dire la boîte, je n'ai pas assez d'argent sur moi.

La dinde ne digère pas la lame de rasoir! Elle est découragée, mais pas autant que moi, je le jure. Derrière moi, la file s'installe et s'impatiente. Elle fait sa bouche en cul-de-poule, aiguise encore plus sa petite voix pointue.

— Mais enfin, madame, faudrait savoir ce que vous voulez! D'abord vous demandez des serviettes sanitaires et vous prenez des protège-slips! Et maintenant vous n'avez pas d'argent? Mais qu'est-ce que vous voulez?

Je rougis comme le fond de ma culotte et lui présente une petite boîte de Tampax. Je règle — si l'on peut dire, dans les deux sens du mot — et je me tire. Au moment de passer la porte, j'entends la mémé qui s'exclame, à l'intention de la foule:

— Mais d'où elle vient, celle-là?

Du Québec, chère amie, du Québec!

De retour au logis de la Cour, je prépare le repas de mes avocats. Cuisiner, pour des Français, c'est pas de la tarte. Cela peut devenir une expérience assez éprouvante pour une étrangère. Les Français sont beaucoup plus regardant et se préoccupent davantage de ce qu'ils se mettent sous la dent que sous la bite. Une autre bonne raison pour ne pas les épouser.

— Ça va pas, ma grande, mais qu'est-ce que tu

nous fabriques? Qu'est-ce que c'est que ce truc, tu vas pas nous foutre ça avec ça, t'as vu ce clafouniat, Jean? Tu crois qu'on va le bouffer? Au fait, quel est son nom?

– Messieurs, c'est une spécialité régionale typiquement québécoise, c'est délicieux!

– Ça s'appelle comment?

– Pâté chinois! Vos gueules et mangez!

Dans la soirée, on s'est raconté des histoires de vampires... où il est question de *petites suceuses*. On en n'a jamais discuté ensemble. Ici tout comme ailleurs, les gars adorent se faire lécher, sucer, grignoter, déguster le gland. Et il existe des techniques infaillibles. Mes avocats m'ont tout révélé, de A à Zob.

Ce matin, je me suis fait réveiller par le bruit des klaxons qui retentissaient dans la rue, au-dessous de ma chambre. En plus de la grève du métro et des autobus qui terrorisent Paris ces jours-ci, les ambulances font la grève et ont bloqué la circulation en plein carrefour Alésia. Résultat, une longue série d'embouteillages et des milliers de vociférations. Dans ces situations incongrues, l'humanité devient fascinante à observer; de la fenêtre de ma chambre, je peux voir les gens s'insulter et gesticuler exactement comme ils le font dans les films français. Un véritable vaudeville: «Putain de bordel de merde, enfoiré de mes deux, connard!...» le répertoire en entier y passe.

Plusieurs individus sortent de leur bagnole, s'engueulent à fond la caisse; les voitures enlignées les unes derrière les autres s'enculent presque, tandis que les chauffeurs s'époumonent et klaxonnent à perdre haleine, les sirènes des ambulances et celles de la police s'activent et cherchent à se frayer un passage dans la circulation parisienne, de plus en plus dense. Les nerfs sont en ébullition, mais ne craquent pas tous en même temps. De ma fenêtre ouverte, le bruit des klaxons et les injures continuent à retentir.

– Non, mais, qu'est-ce que c'est que ce cirque? Dégagez! Dégagez! leur crie mon concierge excédé.

Finalement, les gendarmes arrivent avec un camion remorque. Ils vont remorquer les ambulances. Les ambulanciers contestent puis se résignent finalement devant l'autorité. Un peu plus tard, les ambulances décollent tout de même et la circulation reprend lentement son débit normal. Je vais déjeuner aux Halles et en profite pour faire un brin de shopping aux Galeries Lafayette. Je veux m'acheter un nouveau petit kit sexy, quelque chose d'affriolant, mais tout de même distingué. On m'a parlé d'une soirée exceptionnelle au Cléo, la boîte du chichi gratin mondain de la secte cul des salons de Paris. D'ici là, j'agrandis mon champ de connaissances et je m'automotive à passer à l'action, car j'ai fait récemment la connaissance d'une fille tout aussi étonnante que moi – et même beaucoup plus –, qui a élargi nettement mes perspectives sur mes élans sexuels.

Dominique est une belle blonde vivante, une cliente de Narcisse, et qui est rapidement devenue sa maîtresse. Maintenant, elle est cliente copine amante, et de plus elle se tape Jean de temps en temps, lorsque Narcisse est occupé. Je l'ai rencontrée un soir qu'elle avait décidé de se les faire tous les deux. Tandis qu'elle attendait dans le salon, on a commencé à discuter et à sympathiser. On a parlé du Québec et des Québécois. Dominique, qui a beaucoup voyagé, trouve que les Québécois sont en général d'assez bons coups; elle les trouve trop doux cependant, et faciles pour une fille de les dominer. En plus, ils sont très natures et n'ont pas beaucoup de fantaisie sexuelle. La position du missionnaire, à poil, semble leur convenir béatement. Je constate qu'elle les connaît plutôt bien. Elle est marrante. Elle se souvient même de plusieurs de nos belles expressions québécoises et utilise régulièrement des expressions comme «C'est le fun!» «Tu jokes, là». C'est de loin la fille la plus *flyée*, la plus poète, la plus obsédée sexuellement que j'ai rencontrée depuis mon arrivée à Paris. Et j'en ai vu. Normalement, les Françaises que j'ai connues n'affichent pas tant de spontanéité et de légèreté. Elles cachent bien leurs jeux, ce qui ne les empêche nullement de s'envoyer en l'air à tour de reins. Mais avec Domi, on ne s'y trompe pas. Elle a l'air garce, s'habille sexy en diable et elle plaît. Quand elle a su que j'étais sur un tour du monde, elle a aussitôt pensé, elle aussi, aux mecs! Elle m'a recommandé les Italiens et m'a refilé quelques bonnes adresses à Rome.

– Remarque que Paris, c'est pas mal non plus, dit-elle. Il y a plus de 150 *homo parisianus* à l'hectare, sans oublier le million de banlilieusards qui déboulent vers Paris chaque jour, et une multitude de touristes de tous les pays du monde. *Ah! so many man, so little time!*

Miller avait raison, le sexe est une des neuf bonnes raisons qu'on aurait de se réincarner, les huit autres cependant sont sans importance.

— Je vais t'dire, Lili, je suis une boulimique du sexe... Il paraît que ça se soigne aux États-Unis. Décidément, ils sont cinglés là-bas, le sexe n'a jamais fait de mal à personne. C'est lorsqu'on en manque que tout va mal. Soigner ce qu'il y a de plus agréable au monde, c'est barge. Moi, que veux-tu, j'ai simplement le feu au cul, il me démange depuis que je suis jeune. Et sans déconner j'adore baiser, pas toi?

— Oui, oui, bien sûr.

— Moi, rajoute-t-elle, je ne ferais que ça. Je sais bien que quelqu'un de *straight* comme vous dites, et porté sur la morale, pourrait me taxer de déséquilibrée, de nympho, d'immature ou de psy-quelque-chose. Je m'en fous. On lance toujours plein de conneries dans le dos des gens, et surtout de ceux qui se laissent aller à la vie. Moi, je suis une fille pas compliquée, simplement munie d'un gros appétit sexuel. C'est mon seul défaut, je ne fume même pas. Par contre, la pipe...

Elle rigole... En tous cas, elle est certainement plus déniaisée que moi.

La preuve, quand Louis vient la rejoindre, sans trop niaiser, ils commencent à necker. Un brin exhibi, elle entrouve sa blouse affichant ainsi une belle paire de tétons volumineux sur lesquels les mains de Narcisse se promènent. Sur ce, Jean entre dans le salon, se sert un scotch, s'assied près de Louis et Domi et doucement relève sa jupe pour lui caresser l'entrecuisse. Bon, qu'est-ce que je fous ici? Ma présence n'a pas l'air de déranger qui que ce soit. Je me sers un verre, change le disque, m'écrase dans un fauteuil et naturellement observe le spectacle érotique qui se joue dans le salon. Tous semblent bien affairés, et bientôt ils se retrouvent pêle-mêle dans un bel emberlificotage déchaîné. *Interesting!* Afin de m'occuper les mains et les yeux, je propose aux copains de tourner un vidéo souvenir. Ils acceptent, cela les excite, une voyeuse. Avec des petits bruits et des onomatopées, on croirait que je tourne un film d'animation porno. J'ai l'œil et les mains moites. Quelle belle prise de vue, je fais des plans gynécoscopiques, des fondus enchaînés et déchaînés. C'est le grand branle-bas de combat. La cavalerie à l'envers, voilà le défilé. Ça gémit fort lorsque Domi est envahie de toutes parts. J'ai une pensée pour Mari-loup, je pense à ce qu'elle devait éprouver dans sa couverture de poils canadiens. Domi est étendue comme le jambon entre le pain français; seulement, elle est beaucoup plus loquace qu'une tranche de viande. Elle n'est pas du genre à se retenir dans l'action. Le cri, n'est-ce pas l'expression d'une énergie vitale intérieure? Il paraît que ce qui se partage dans la jouissance du cri touche au divin. Je ne sais pas, mais le divan grince et les voisins itou. La concierge vient sonner à la porte. Confusion. On se calme. Je vais ouvrir.

– C'est vous la gueuleuse? Y a des honnêtes gens qui veulent dormir dans cet immeuble!

– Ah bon? Je n'ai rien entendu, vous croyez que ça vient d'ici?

Pendant ce temps, le trio concluait ses ébats en catiminette. Enfin, après l'acte, on a bien rigolé. Domi me demande:

– Et toi, Lili, tu ne les a jamais essayés les avocats, maîtres queues. Ils assurent, je te le dis.

– Un jour, dit Narcisse, on lui fera son affaire, elle ne perd rien pour attendre, hein ma Lili?

Je pouffe de rire. Trop tard, cocos, je vous connais déjà trop.

– À croire que tu es plus à l'aise avec des inconnus, peut-être?

– Peut-être.

– Tu ne trouves pas qu'il y a des nanas bizarres? Ça ne veut pas baiser avec des types qu'elles connaissent et ça se tape de parfaits étrangers, dit Jean. Heureusement qu'on t'a, toi, Domi, t'es une vraie baiseuse!

Et ils l'embrassent. Domi est partie après le digestif sans oublier de me confirmer notre rendez-vous pour lundi. Le lendemain, on s'est repassé le petit vidéo; j'ai des dons cinématographiques. C'était mon premier film du genre. Les *Deux femmes en or*, à côté...

❑

Le lundi soir, je retrouve Dominique au Balajo. Le Balajo, c'est comme un grand *ballroom* où
le tout jet set branché rétro se pointe pour valser,
rumber, twister et rock & roller. Un bar normal,
vous me direz. Comme Domi et moi aimons bien
la danse, c'était le bon endroit où aller, surtout le
lundi soir. C'est l'une des rares boîtes qui bougent
ce soir-là. Domi porte une mini-robe rouge décolletée et moi une mini-robe moulante noire qui me
sied comme un gant. Pour nous réchauffer les idées,
nous commandons deux vodkas. La musique style
fifties nous soulève. Nous dansons. Comme deux
endiablées, nous nous démenons. La piste de danse
est bondée. Trois, quatre danses plus tard, nous
retournons ingurgiter nos drinks. Une autre vodka,
prise debout entre le bar et la piste de danse; nous
observons le monde autour de nous, les danseurs;
puis Dominique, fine observatrice, me passe ses
commentaires.

— Tu trouves pas qu'ils ont l'air minet nos Français, si on les compare avec vos mecs baraqués du
Canada? Regarde-moi ces petits tintins. J'ai vraiment horreur de ce style *novo* (pompes pointues,
fines cravates, lunettes noires). Moi, des types qui
portent des lunettes pour jouer les intellos et pour
être plus vus que pour voir, je les trouve nullissimes.

En effet, je constate que les types ont l'air pué-
ril et pas très viril.

— Regarde-moi ces fignolés mode. Ce ne sont
que des pédés, tu peux être certaine. Je te le dis,
à vue de nez, sans avoir regardé dans leur slip, je
te garantis que ces mecs-là sont des sous-

développés de la testicule. Viens, on va aller danser.

Nous rockons ensemble. La danse terminée, nous regagnons notre poste d'observation. Nous sommes à notre tour observées.

— Regarde à ta droite, Domi, le grand brun au look Johnny Hallyday, il n'est pas mal.

— Ouais... mais regarde à côté la blonde, elle le surveille. Non, je te dis, il n'y a pas grand-chose de potable dans les environs, que des minets.

On glisse un bon slow de Joe Cocker.

— J'adore ce tube, allez, viens danser, Lili.

Tout naturellement, elle s'empare de ma main, m'emmène sur la piste, me prend par la taille et se blottit contre moi. Un vrai ti-mec. Je suis étonnée mais à la fois ravie. Je la presse contre moi et sens sa poitrine généreuse se frotter sur le bout de mes seins. Étrange sensation. J'avoue que ça me fait tout drôle. Je n'ai pas l'habitude de faire valser les dames. La danse terminée, nous achevons nos verres au bar. Des jeunots nous matent et tournent autour de nous. Nous les ignorons. Je commande une autre vodka que je bois en même temps que le récit des aventures érotiques de Domi. Ils avaient raison, les avocats: «Tu verras, avec Domi, pas moyen de passer plus d'une heure en sa compagnie sans qu'elle te parle cul.» Ça tourne comme dans un film érotique dans ma tête, tant ce qu'elle raconte est imagé. Un jeune tintin vient nous apostropher. Sans le consulter, elle lui met la main directement sur une fesse. Elle tâte, puis le félicite d'avoir des muscles aussi fermes.

– Et vous êtes ferme comme ça partout, jeune homme?

Le tintin rougit et s'enfuit. On se marre. Un autre type s'approche de nous.

– Que peut-on faire pour toi, mon mignon? Dis, t'as vu mes bas?

Et elle soulève sa jupe devant lui à la hauteur du porte-jarretelles. Comme il s'approche pour toucher:

– Allez, dégage! Viens, Lili, on va danser...

Et la voilà qui se déhanche sur la piste. Je me dis que cette fille a de l'audace. Elle a chaud à la chatte et pas froid aux yeux. Sur la piste de danse, elle me présente Jacques, un de ses voisins. «Il est gentil, me chuchote-t-elle, mais hélas, c'est un mauvais coup. Éjaculation précoce. Tu vois le genre.» On ne s'y attarde pas. On rencontre aussi une très jolie serveuse de la *Mousson*. «Une Eurasienne, me confie Domi; elle, je l'ai déjà niquée avec son mec. Elle est superbe, cette nana! T'aime pas les nanas, toi, Lili?»

– J'ai rien contre, mais j'avoue que chimiquement, elles ne me font rien.

– C'est parce que tu connais pas vraiment. Il y a des filles qui sont très douées.

Je n'en doute pas. Danse et redanse, vodka et vodka. À trois heures du mat, on est plutôt pompettes et allumées. Épuisées, on s'arrache. «De toute façon, il n'y a rien de baisable dans cette boîte ce soir», de conclure Domi. Dans la rue, elle ne se souvient plus où elle a garé son Roméo, Alpha de son prénom. Hé! Ho! Roméo, où es-tu? On tourne sur la Place de la Bastille une bonne demi-heure avant de récupérer le véhicule de madame.

Elle me propose de passer prendre un dernier verre chez elle. Et, pourquoi pas, d'y dormir. J'accepte.

Chez elle, c'est chouette et sympa, décoré avec goût, bourré de jolis objets érotiques, des sculptures, des tableaux qu'elle rapporte de ses nombreux voyages. Son appart lui ressemble et tout évoque le sexe. Elle me prépare une vodka tonique et passe me rejoindre au salon. Elle ouvre un petit coffre d'où elle sort, glorieuse, un petit joint. «C'est du jamaïcain, il est super, t'en veux un peu?» On fume tranquillement en bavardant. Pendant qu'elle me parle, elle se déshabille devant moi et glisse dans un kimono de soie. Elle m'en propose un tout aussi joli.

– Mets-toi à l'aise. Tu vas dormir ici, non?

Elle m'observe pendant que je me déshabille.

– Dis donc, toi, t'as de très beaux seins. Tu as de tout petits mamelons.

On a peut-être passé une petite heure avec nos kimonos à boire et à parler cul. Je lui demande si elle n'a pas parfois peur des MTS, du Sida?

– Mais je me protège! Pour ma contraception et pour ma protection, j'utilise les nouvelles éponges Pharmatex. Tu connais pas?

Elle va en chercher une.

– Regarde, c'est une éponge pas plus grosse qu'un bouchon d'eau minérale, on l'enfouit à l'intérieur et ça a pour but de protéger contre l'incursion des spermatozoïdes. J'utilise aussi à l'occasion les ovules Pharmatex qui contiennent aussi du chlorure de benzakonium et des spermicides. Cette substance semble être efficace contre les MTS, on dit même que ça résiste assez bien au Sida. Mais dans les cas de partouze et compagnie, bienvenue les condoms! Chatte échaudée craint la bite volage.

Pendant ce temps, la soie glissante des kimonos s'ouvre comme un rideau et l'on peut voir des expositions brèves de seins et de chatte. Assise sur un grand fauteuil de cuir, alors qu'elle commence à me raconter une histoire avec un beau Jamaïcain, Domi ne peut s'empêcher de se caresser nonchalamment, presque distraitement, les petits poils pubiens.

– Ça ne t'embête pas que je me caresse?

– Non. Et, toi ça ne te dérange pas que je regarde?

Malicieusement, elle se glisse un doigt, puis deux dans sa belle noune rose. Et elle commence à se branler doucement. Son visage commence à changer d'expression. Elle a l'air bien.

– Oh! gémit-elle, c'est fou ce que c'est doux et chaud à l'intérieur.

Je sens que c'est doux et chaud dans mon intérieur itou.

– Tu voudrais pas, Lili, me toucher là, pour le fun? qu'elle me demande coquinement.

Je me sens visiblement tarte aux fraises. Bien oui, pourquoi pas? Je dégouline d'amateurisme matière dame, mais c'est pas une raison pour le demeurer. Elle est bandante, cette fille, plutôt mouillante, j'en ai les doigts en érection. Je me rapproche d'elle, lui ouvre gentiment les cuisses et y introduis un doigt, puis deux, et c'est vraiment tel que décrit, chaud, humide et très doux. Doucement, je pousse mes doigts vers le haut, là où je crois doit sommeiller son point G. Elle se tortille de joie et s'occupe en me titillant bien les mamelons. Je sens sa vulve se gonfler, enfler, devenir dure et toute mouillée. Elle gémit, en redemande, se déchaîne sur mes droits agiles. Elle m'encourage.

– Oui, oui... Ha! Oui! Ha! N'arrête pas, c'est dément ce que tu me fais. Continue. J'en peux plus. Oui! Au secours!

Ah! Ça y est, le déluge! Elle jouit très fort. Elle se convulse, haletante. Je m'épate moi-même. Pour une néophyte, je me trouve plutôt dégourdie. Comme c'est valorisant de faire plaisir! Puis, existe-t-il quelque chose de plus doux, moelleux et chaleureux que l'intérieur d'une chatte? Ah! comme j'envie les bites qui s'y glissent. Heureuse et satisfaite, Dominique s'écroule épanouie, évanouie dans les bras de Morphée. Sacré Morphée, toujours là pour ramasser le monde. Ne trouvant pas le sommeil, je me lève et repars incognito dans l'aube du Marais. Je marche un peu dans ce beau matin de début d'hiver tranquille, froid et humide. J'arrive chez mes avocats qui roupillent comme des bébés innocents. Ah! s'ils savaient d'où elle vient, la Lili, et ce qu'elle a fait, leur Québécoise de rêve, ils s'éveilleraient sans doute flottant dans un bain de pollution nocturne!

Lili Gouine? Question d'atomes crochus, je préfère nettement les hommes. Les femmes ne m'attirent presque pas. C'est sûrement juste un petit blocage.

À mon réveil, ce midi, quelle belle joie! Je reçois trois lettres me demandant des conseils sur la fellation. Ça tombe bien, mes avocats m'ont tout révélé, de A à Zob. Voici le fruit de leur expérience: Pour bien sucer, il faut savoir que la bite est comestible sous tous les angles, de haut en bas, de long en large. Mais attention: il faut être gourmande, mais sans toutefois mordre! Narcisse prétend qu'il faut cracher comme une chamelle ou un lama femelle. Jean préfère les succions. Mais là où ils craquent, c'est quand les filles leurs prennent les couilles bien en bouche. Par contre, *the best*, là où ils capotent carrément, c'est lors de la session «gamahuchage». Gamahuchage?... Oui, oui: lécher l'œillet, mesdames, ou le trou du c...

Lettres des copines

Ma chère Lili,
Même si tu as l'air de t'éclater, ne trouves-tu pas que certaines rencontres sont vraiment hasardeuses? Depuis quelque temps, je niaise pas mal. Je rencontre des types pas très allumants mais plutôt allumés. Par exemple, l'autre soir au Minuit, je suis tombée sur Bob, tu sais, l'animateur de radio rock CQUI, sur qui j'avais le kick? Toujours pas mal comme mec, look branché, grand, mince, tendu, nerveux, en fait assez speed. Spirituel d'accord, mais on sent qu'il carbure à la poudre. Il a des tics et renifle sans arrêt. Comme j'étais seule, il est venu se planter à côté de moi et a entrepris de me raconter sa vie. Je l'écoutais distraitement, me disant qu'il n'était plus vraiment mon genre. Auparavant, je mouillais rien que de l'entendre à la radio. Puis maintenant, même s'il me flirtait visiblement, j'ai réussi à me convaincre que ce serait un mauvais coup au lit; dans ces cas-là, je ne tiens pas particulièrement à me prouver que j'ai raison.

Avec le temps, je suis devenue allergique aux

cokés. Avec les gars de la narine, c'est tout dans la narine et rien dans le caleçon! On doit se coucher à des heures impossibles après avoir entendu une série de radotages existentiels. Ces gars préfèrent tirer une ligne plutôt que de «tirer» une fille. Comprends-tu ça, toi? Toujours est-il que je suis rentrée seule, convaincue qu'une petite session d'onanisme ferait l'affaire. J'en ai tout de même assez de ces petits coïts qui laissent sans émoi, avec des types tendus qui te liment en pensant à autre chose. C'est vrai, il n'y a même pas de quoi s'énerver le poil des jambes.

Bien que j'aspire parfois à une vie affective, calme et sereine, je ne sais pourquoi, calibine, j'atteins rarement mon but. Faut dire que je suis toujours à l'affût du meilleur parti possible. Mais va donc trouver l'aiguille dans la botte de foin, le samedi soir en ville. Il me semble que c'est si simple, je ne demande pas mers et monde. Je veux juste un gars qui a bonne bite, bonne tête, bon cœur. Avec un peu de fric, pas des masses, mais tout de même assez pour se subvenir, une auto, un apart propre, une job et des loisirs. Mais seulement ça, ça élimine toute la gagne de rêveurs, chômeurs, philosophes fauchés, piliers de bar, alcolos et drogués qui m'entourent et qui, mine de rien, m'attirent. Tu me connais, j'ai toujours eu un faible pour les marginaux, les petits voyous, les bons bums, les artistes incompris et cassés. Mais crime, ça n'avance à rien! Je me retrouve toujours à la case départ avec les nowhere. Si possible, j'aimerais un gars qui ne fume pas. En tant que non-fumeuse, me voilà

devenue intolérante devant les cendriers et ceux qui
les remplissent. C'est bien simple, si un gars fume
après l'amour, c'est rendu que ça m'asphyxie.
Alors, je vais te dire qu'avec mes nouveaux critères,
j'élimine toute une gagne de candidats. Tout ce que
je veux, c'est pourtant simple: trouver un gars qui
posséderait les mêmes qualités que moi. Et ciel! je
n'en ai pas tant que ça. Il n'a qu'à être généreux,
gentil, drôle, cultivé, sensuel, honnête et ouvert aux
thérapies. As-tu remarqué que bien peu de gars sont
prêts à faire sur eux-mêmes le travail destiné à
mieux se connaître, à s'aimer, à s'apprécier. Ils préfèrent se geler la fraise. Combien sont prêts à risquer le bonheur? Car le bonheur, c'est ça qui doit
être au bout de l'histoire, nom d'une sacré pipe!

Crois-tu que mon idéal masculin soit inacces-
sible?

Enfin, avec tous ces phénomènes dopés que je
rencontre actuellement dans les bars, je me trouve
désespérément normale. Au moins ceux que tu rencontres en France ont pas trop l'air de se poudrer
le nez. Et comme tu l'écris, le cul, c'est plus généreux comme milieu que la coke.

Lucie in the sky de Montréal

Salut, ma biche!

Contente de voir que ça bouge, pour toi. Moi aussi, je crois que je suis sur un coup, et j'en suis tout excitée. Encore un jeune, mais super mignon. Je l'ai rencontré à l'occasion d'une virée entre le Nord et le nowhere sur la rue Saint-Laurent, au bar Le Set. Même si c'est un bar relativement tranquille, et qu'il ne se passe pas souvent grand-chose d'excitant, je l'aime bien. La gang qui y bosse et ceux qui le fréquentent sont cool et gentils; Crevette et Denise, les deux barmaids, ont de la vivacité d'esprit et toujours le bon mot pour rire. On s'y sent parfois comme à l'époque des saloons; une clientèle de faux cow-boys, de durs à cuire pas si durs que ça, de nouveaux yuppies et d'évadés de cinéma viennent décompresser sur un autre set.

J'étais assise au bout du bar, sous l'éclairage tamisé façon ancienne machine à coudre, et me laissais distraire par le décor et ceux qui s'y trouvaient; ici, évoluent tout un ramassis d'objets hétéroclites qui réussissent à créer une ambiance insolite. Donc, j'étais là, buvant un Marguarita, à glander, écoutant une vieille toune de Françoise Hardy qui me rappelait des souvenirs d'adolescence, tu sais, la chanson «Tous les garçons et les filles de mon âge» qu'on chantait dans la cour de récréation, toi et moi, quand on voulait devenir chanteuses. Enfin, bref, j'étais là, quand j'aperçois, juste en dessous d'une grande feuille de palmier en papier vert, un beau jeune homo sapiens à la coiffure hirsute qui me téléphone un grand sourire ravageur. Pas mal l'animal! Je lui renvoie mon sourire de Miss Miou et je me demande comment l'aborder. Une idée, vite!

Féline, je m'éjecte de mon tabouret et me dirige vers le billard: gracieusement, j'inscris mon joli nom et mon numéro de téléphone sur le petit tableau noir des joueurs. Devant moi, deux gars nerveux prennent des airs exaspérés en attendant que leurs poules abandonnent la table de pool. Et devine qui vient s'inscrire sur le tableau? Antoine, de son prénom. La table de billard se libère, c'est à mon tour! Angoisse, trouille! Le tapis vert passe au rose, ma face blême au rouge. J'attrape la queue du bâton et lui masturbe le bout bleu. Ensuite, je me penche sensuellement, élève la croupe et la jambe, retrousse ma jupe légèrement trop serrée pour me permettre de viser cette boule en coin; je m'élance et m'écrase en pleine face sur le tapis sans déplacer une seule boule. Antoine s'approche gentiment, m'enlace la taille. Il m'enseigne à bien tenir la queue de billard, plonge avec moi sur le tapis, et ouvre le jeu!

Puis, il me demande: «Vous venez souvent ici? – Heu, oui...» Et l'on commence à bavarder gentiment. Le parfait set up.

À bientôt!

Miss Miou

P.S.: C'est la première fois que cela m'arrive sur une table de billard. C'est-y assez cute? Toujours est-il qu'on sort ensemble ce soir. Si je ne veux pas être en retard pour notre rendez-vous, je vais abréger cette lettre. Je t'embrasse bien fort. Continue de nous tenir au courant de tes aventures parisiennes.

Chapitre XI

L e jour J est arrivé.

Chaque dernier jeudi du mois, au Cléo, on organise un événement spécial. Le temps des Fêtes étant prétexte à réjouissance, ils y ont mis le paquet (buffet, attraction unique...). Encore une R.A.T.P. (réunion à tendance partouzarde)! Depuis mon arrivée à Paris, me voilà franchement plus dégourdie. Je comprends maintenant ce que Régine Desforges voulait dire par «Paris est une ville femelle par excellence». Il y a entre cette ville et les femmes une complicité évidente. Nulle part ailleurs une femme peut y vivre sa sexualité comme elle l'entend – éclatante ou cachée, perverse ou innocente.

Ce n'est pas comme à Montréal, petit village, où tout se sait; je comprends que je suis arrivée bien naïvement et peu préparée pour l'érotisme spontané. Maintenant que je connais mieux les règles du jeu, j'ai décidé de me laisser aller davantage, de vivre en exploratrice sensorielle. Attention, les mecs, tenez bien votre slip! La frivolité s'acquiert difficilement, mais il faut dire que mes aventures, l'entourage et certaines soirées mémorables m'ont libérée.

Alors me voilà toute fraîche, l'œil vif, parée de mes plus beaux atours, prête pour cette fête spéciale. Je me sens incroyablement femelle dans mon nouveau kit de soie couleur fauve. Un maquillage astucieusement appliqué me procure une mine rayonnante. Le plus excitant, pour une soirée de ce genre, réside dans les préparatifs – tout en me préparant, j'essaie d'imaginer la suite. Je me dis que cette soirée devrait être une occasion en or pour faire fructifier mon capital érotique. Je suis assez cute pour pogner! Mes avocats aussi se bichonnent et se pomponnent; ils se font coquets jusqu'au bout du slip, ces deux-là. Ils ont le look NAPPY, c'est la nouvelle génération des BCBG modernes: la cravate est remplacée par une belle pochette. Ils portent des pantalons en lainage juste assez courts pour laisser entrevoir les losanges de leurs *burlingtons* qui se complaisent dans des chaussures italiennes impeccablement cirées. Mignons! Ils anticipent cette soirée avec beaucoup d'enthousiasme, niqués de la tête (obsédés!) comme ils sont!

Narcisse me fait un petit briefing au sujet des soirées événements auxquelles il a déjà assisté. Il me donne des noms d'acteurs français célèbres, de joueurs de foot, de politiciens qu'il a déjà rencontrés dans ces circonstances.

– Tu sais, il y a des gens bien qui aiment encore s'éclater.

Certains de ces noms suffisent à me faire fantasmer. Puis il m'explique:

– Tu sais, Lili, en principe, dans ce genre de fête, tu dois tout de même participer un peu. Ce n'est pas l'endroit pour jouer les saintes nitouches. Sinon, ça va se savoir, et éventuellement on va t'interdire l'accès aux prochaines fêtes. Tout dépend de toi, mais personne ne te forcera à faire une chose dont tu n'as pas envie. C'est civilisé, tout de même.

– Ne vous en faites pas pour moi.

Vers 22 h 30, encadrée par mes deux copains, nous arrivons place d'Italie. Nous escaladons un petit escalier mal éclairé pour aboutir au deuxième étage de la réputée baisothèque Cléo.

J'éprouve un léger frisson au moment d'entrer, alors qu'on vous étudie avant de vous admettre. Une jeune femme blonde à la poitrine généreusement décolletée et un monsieur C.C.C.G. (cravate, club, complet gris) reconnaissent les avocats et sans tarder nous admettent, question de laisser aux copains le temps de régler les 500 francs de l'admission. Nous passons par les vestiaires et gagnons finalement le bar. Nonchalamment, je m'installe entre mes deux copains, et nous commandons trois coupes de champagne. Les couples continuent d'arriver.

– Tu vois, m'explique Narcisse, la plupart des hommes y viennent escortés de leurs femmes, leurs maîtresses ou leurs copines, très rarement avec une prostituée, qu'ils prêtent ou s'échangent à volonté avec ceux qui en manifestent le désir.

– Bon, c'est un point de vue, car en considérant les choses d'un angle plus féminin, ne pourrait-on pas dire que la plupart des femmes y viennent avec leurs maris ou amants, mais très rarement avec des gigolos, qu'elles prêtent ou s'échangent volontiers avec celles qui le désireraient. N'est-ce pas que tout est relatif, et que la partouze envisagée ainsi ressemble moins à une chasse gardée exclusivement par les hommes?

– Mélange pas les cartes, Lili. En France, l'homme est maître.

Cela dit, nous voilà repérés par Dominique, qui s'empresse de venir nous faire ses plus chaleureuses salutations. Elle me félicite de mon look. Ce soir, elle trouve que je suis en beauté. Elle aussi n'est pas mal; son petit bustier gris a tout pour la mettre en valeur. Super sexy. Coquine, elle vient se blottir entre Louis et moi.

– Il devrait y avoir beaucoup de belles gens ici, ce soir. Vous avez bien fait d'arriver tôt. Depuis l'arrivée du spectre du SIDA, il faut avouer que la boîte a connu une baisse. Même si on y offre gratuitement des condoms aux hommes, il y faut maintenant des événements spéciaux pour faire sortir le monde. Aujourd'hui, Roger (le proprio) m'a assuré qu'on serait gâté, ajoute-t-elle.

Il faut dire que ces soirées sont tout de même onéreuses pour les hommes. Ce n'est pas tout d'avoir du fric pour entrer, si on ne vous connaît pas, si vous n'avez jamais été introduit (double sens?), si on n'aime pas votre allure, votre gueule, l'entrée vous sera refusée. En revanche, pour les filles, les proprios sont nettement plus indulgents. Il suffit de s'y pointer seule ou avec une copine –

l'entrée est gratuite. Quelle belle opportunité pour celles qui aiment baiser! Et ils se croient maîtres! Parlant d'opportunistes, voilà justement Linda et Natacha. Je me doutais bien qu'elles ne manqueraient pas cette soirée, les libertines. Elles m'ont repérée et viennent me saluer au bar. J'en profite pour leur présenter mes avocats. Elles s'installent sur des tabourets près de nous et commandent elles aussi du champagne.

Linda a l'air en forme, à première vue égale à elle-même; elle est d'un bécébégisme inouï. Elle fait FHCP (Foulard Hermès et collier de perles). Après m'avoir honorée d'une quadruple bise, elle me dit:

– Mais dis-donc, ma biche, je croyais que c'était pas ton truc ce genre d'endroit?

– N'as-tu pas déjà dit que tu n'aimais pas ça à plusieurs, toi Lili? s'enquiert la Natacha. Ne me réponds surtout pas que tu es encore venue pour y faire un trip de voyeuse, parce qu'alors, là...

– Ah! dis-je, laissez-moi aller, vous verrez bien.

– En tout cas, *welcome to the club*, s'exclame Dominique.

Et elle nous invite à danser.

On envahit la piste. Les premières danses, on les exécute normalement, puis certaines filles, prétextant la chaleur, en profitent pour se dévêtir un tantinet. Bustiers, brassières, body dentelles font graduellement leur apparition. Mine de rien, pendant qu'on parade, le bar s'emplit petit à petit, Ça n'arrête pas d'entrer, et l'ambiance commence à être chaleureuse. Les filles ont déjà repéré quelques célébrités et me mettent au parfum en ce qui concerne les performances de chacun.

— Tu vois le grand au coin du bar, c'est un joueur de soccer professionnel. Eh bien, c'est un très mauvais coup. Pourtant, t'as vu ce qu'il peut être bobybuildé. Mais ça ne veut rien dire, les muscles, parce que tu vois, là-bas à gauche, le petit maigre, c'est un écrivain connu. Lui, au contraire, c'est une affaire.

Expertes et connaisseuses, les filles s'échangent de précieux tuyaux, si je puis m'exprimer ainsi. C'est drôle à voir: peu à peu les Parisiens aux masques sérieux de jour se transforment graduellement en petits démons étourdis de la nuit.

Je l'ai déjà constaté, les Parisiens ont un certain don pour la simulation. Le DJ peu à peu ralentit le rythme de la musique et glisse quelques slows. Linda et Natacha, largement dépoitraillées, se font un numéro lesbos attendrissant sous les yeux ravis de tous et, entre autres... de Bacon, Dugléré et du beau Francis. Décidément, le monde de la nuit est bien petit à Paris. Je sursaute quand la main d'un homme me prend par la taille et me demande de lui accorder ce slow. Pas le temps de réfléchir que déjà il m'enlace... Je me laisse aller.

Mon danseur semble y prendre un plaisir évident. Il me plaque contre lui et peu à peu son corps épouse chacun de mes mouvements. Il danse bien, mais je le sens raide et tremblant. À un point tel que je me demande s'il ne va pas jouir là, bêtement, béatement. Visiblement, je le trouble. Par chance, la musique reprend sur un rythme plus rapide. Nous quittons la piste. Il me raccompagne au bar où je termine un verre de champagne en sa compagnie. Une conversation plutôt banale s'engage. Nous n'avons pas grand-chose à nous raconter, finalement.

    – Je m'appelle Grégoire, et toi?

    – Lili.

    – C'est joli, Lili. Frivole, prénom libertin.

    – Vous venez souvent ici?

    – Euh! Non... euh... c'est la deuxième fois que j'y mets les pieds... mais je vous signale que je ne suis pas encore venu, euh... (deuxième degré).

    Subtil hein? Il me demande si je veux venir avec lui en arrière. «Je pourrais te faire venir», renchérit-il. Je lui refile mon sourire de carnassière: Me faire venir quoi? Une pizza peut-être (troisième degré)?

    Je le quitte et repars danser. Encore un slow. Déjà, je repère un danseur. Je ne déteste pas du tout les slows. Ils permettent de faire une transition naturelle en voguant de mec en mec, avec toujours en arrière-pensée la suggestion magique de la nouveauté de l'aventure. Francis m'épie jalousement. Je souris aux anges en valsant dans les bras rassurants d'un parfait inconnu. Tout de même, il est agréable de pouvoir se dire, tandis qu'on est enlacé contre un type et en l'examinant de près: «Tiens, avec lui je ferais bien l'amour», et de savoir que c'est possible ici, sur place. Ou encore: «Non, celui-là, il n'est pas sensuel», ou encore: «Celui-ci possède un intéressant angle d'érection.» Mais mine de rien, je recherche tout de même une pointe d'originalité dans celui qui me fera céder. Il me faut un type au charme rassurant qui saura me mettre à l'aise... et en valeur. Je veux bien m'éclater, mais pas avec des deux de pique! Je peux vivre tous les fantasmes, mais je veux moi-même décider avec qui. J'en suis à ces réflexions quand...

«Attention, mesdames et messieurs, show time...» Un maître de cérémonie en tuxedo blanc et short boxer annonce le début de la représentation. Tout le monde se presse et encercle la piste de danse. On a recruté pour l'occasion les plus belles clientes de ce club sélect, et ces dernières vont exécuter tour à tour un strip-tease. C'est tout un art que d'exécuter un bon strip-tease. Il ne suffit pas de posséder un don indéniable pour la danse ni de s'offrir en public, il faut savoir aussi susciter le désir. Certaines filles, visiblement à leurs premières armes, sont plutôt tartes. En revanche, je dois l'avouer, ces trois ou quatre filles réussissent à exécuter un numéro digne des boîtes spécialisées. Parées de dessous fripons, de lingerie émoustillante, elles se trémoussent, ravies de susciter les exclamations, les applaudissements et les ovations qui pleuvent sur elles. Quand elles ont fini leur petit numéro, certaines, sans se donner vraiment la peine de se rhabiller, vêtues de leurs seuls dessous ultra-légers, se joignent à la foule pour encourager les autres participantes. Une jeune beauté blonde fait trembler la salle: son corps de déesse, sa technique particulière de déhanchement, sa cambrure à chacun de ses mouvements suscitent l'enthousiasme presque excessif de la foule. À un moment donné,

un type qui n'en peut manifestement plus, se déshabille devant elle; la foule est en délire. Une belle
douzaine de filles de tous formats, grandes, petites,
dodues, minces, poilues, épilées, viennent émous-
tiller la foule. Le spectacle s'achève par un trio de
filles simulant des poses érotiques. L'assistance
approuve, excitée, et démontre à l'égard des débu-
tantes une chaleureuse sympathie.

Plus ça va, plus l'ambiance devient délirante.
Je dois avouer, personnellement, que je commence
à me sentir excitée. Je n'ai pas assisté très souvent
à des strip-teases complets et je ressens une légère
impatience à en faire autant. Je ne suis pas la seule
à être chatouillée de la sorte: près de moi, un monsieur ouvre son pantalon et exhibe son sexe. Une
dame s'en saisit rapidement et ils se retirent discrè-
tement. Un autre couple, à moitié dénudé, se fait
des attouchements. La soirée va bon train. Les couples se font et se défont selon la fantaisie du
moment.

Je m'aperçois que j'ai perdu ma gang! Ce haut
lieu de brassage moderne est un véritable petit laby-
rinthe. Incertaine, frôlée au passage par plusieurs
mains, je me dirige vers le buffet où divers plats
sont offerts aux convives. Je me faufile, et, surprise,
Francis se glisse furtivement derrière moi.

– Bonsoir, Lili, je ne croyais pas te rencontrer
ici ce soir. Quel plaisir de te voir! Tu es très sédui-
sante.

– Merci!

– J'imagine que tu as apprécié le spectacle?

– Oui, c'était excitant, en effet!

– Tu es seule? Dugléré et Bacon sont dans le salon bleu, là-bas, avec Natacha et Linda. Ça ne te dirait pas de venir nous rejoindre?

Je fais la moue en rajustant mon porte-jarretelles. Il s'émeut, se rapproche, et voilà que sa nuque se trouve juste devant moi. J'aime son odeur, je suis troublée. Il me prend par la taille.

– Écoute, Lili, ici, ce n'est pas un endroit pour les jeunes filles seules. Si tu veux vraiment t'envoyer en l'air, aussi bien que cela soit en pays de connaissances.

Je reconnais son côté protecteur, mais une certaine lueur dans ses yeux me le rend à nouveau irrésistible. Il me fascine tellement que j'en oublie mon plateau et la bouffe. Nous communiquons langue contre langue en un doux baiser qui donne l'impression de nous envoler. J'accepte alors sa proposition délicieusement malhonnête. Nous allons rejoindre les amis. En quittant la section resto, nous passons près d'une petite chambre à l'éclairage tamisé et rouge, où j'entrevois, de dos, un type costaud en train de pénétrer une grande métisse au cul magnifiquement offert, tandis qu'une belle brune fouine dans l'entre-jambe de la métisse en pâmoison. Je reconnais mon marin Carl, la fille doit sans doute s'appeler Anne – les présentations officielles n'ayant jamais eu lieu. J'aperçois également mes deux cocos du Bois de Boulogne, Philippe et Gérard, déguisés cette fois-ci en voyeurs. Décidément, je reconnais beaucoup de monde. Je ne tiens pas vraiment à les saluer. Ce n'est vraiment pas le moment.

Nous nous dirigeons vers une alcôve très sombre. J'entre dans cette pièce avec le sentiment exaltant d'avoir été transportée dans les Mille et Une Nuits. Lili Baba et les quarante violeurs, ça pourrait bien être ici! Il fait noir, j'avance lentement, guidée par Francis qui me précède. On entend des râles, des soupirs, des gémissements, des halètements, des bruits mouillés. Gentiment, Francis déboutonne mon chemisier de soie et retire mon soutien-gorge. Sa bouche envahit ma bouche et sa main glisse sur mon sein. Je ne sursaute même pas lorsqu'une menotte féminine vient caresser l'autre sein. Puis une autre main glisse sous ma jupe, jusqu'au paradis. Brièvement, dans l'obscurité, j'entr'aperçois Dugléré et Bacon. On me fait une place de choix sur le lit.

Je me retrouve enfouie dans une mer de bouches gourmandes, de lèvres juteuses, de doigts explorateurs et de langues fouineuses. Je ferme les yeux, ne tenant pas à voir ceux et celles qui jouent avec mon corps; j'essaye plutôt de percevoir toutes les sensations. Mes mains saisissent au hasard une queue étrangère, mince, longue et vibrante. Je la tiens fermement. Pendant qu'on s'affaire sur ma douce personne, on me complimente. Beaucoup de gentillesses et de petits gestes à mon égard. Natacha et Linda se glissent près de moi et m'entourent de leurs vagues voluptueuses, féminines et enveloppantes. Moments fous et troublants. Bruits de succion adorables entre mes cuisses, soupirs dans mes oreilles.

– Comme tu es bonne, vas-y, laisse-toi aller, c'est bon comme ça!

Je me pâme, je frémis, implorant enfin qu'on me pénètre. C'est alors que le vit de Francis, sous emballage Latex, se fait une joie et un devoir de m'assouvir jusqu'à ce que je jouisse de plaisir.

Ô extase, quand tu nous tiens! Plus que satisfaite, je retrouve mes vêtements éparpillés, les cheveux en bataille, les joues rouges, le corps heureux et l'esprit encanaillé. Je sors de l'alcôve entourée de Francis et Dugléré qui me félicitent.

– Vraiment pas de quoi, tout le plaisir a été pour moi...

Nous regagnons le bar. Assoiffés, nous commandons une coupe de champagne. Peu à peu, les vrai couples se reforment. Chacun retrouve sa légitime, ou presque. Les amis viennent nous rejoindre au bar. Dominique, qui a fait du billard, est fière d'avoir réussi à se farcir six mecs à elle seule. Mes avocats sont là pour en témoigner.

– Quelle gaillarde, celle-là! Et toi, Lili, où étais-tu fourrée? On t'a cherchée partout, tout à l'heure.

– Ah! j'étais occupée ailleurs, sans doute.

– Avec les yeux rieurs que tu as, inutile de te demander si tu t'es amusée. Ça se voit!

Ils portent un toast à la Québécoise.

Voilà, c'est fait. C'est sans doute le genre d'expérience qu'il faut tenter au moins une fois dans sa vie, question de ne pas mourir idiot.

inévitablement attirée vers des gars immatures mais beaux comme des Cupidon? Qu'est-ce que j'en ai à branler de la beauté d'un gars! Tu me diras qu'il vaut mieux en branler un beau qu'un moche, mais blague à part, la beauté d'un partenaire me valoriserait-elle?

Parfois je me dis qu'à force de travailler et d'assurer comme un mec, me voilà rendue comme eux, avec les mêmes stéréotypes.

L'élément jeunesse nous rajeunit. Je t'assure, Lili, tu devrais voir la bête: un rêve! Il a une qualité de peau émouvante, une peau encore plus douce que du Cotonnelle. J'adore le caresser. Je retiens mes doigts pour ne pas l'égratigner, tellement ça me fatigue qu'il soit si parfaitement beau. En prime, je n'ai jamais connu un gars qui ait d'aussi belles fesses. Elles sont rondes, bombées comme deux belles miches de pain Gai-Luron. J'y planterais mon nez tout le temps, je le mordrais, je... C'est bien simple, je capote sur ses fesses. D'autre part, il y a son membre; il possède une de ces queues vadrouilleuses et vigoureuses comme je les aime; très bien sculptée et intuitivement sourcière. Et tu me connais, je ne tolère le jet prématuré que lorsque le coup suivant annonce le marathon. Avec lui, c'est fréquent tant il me désire: il vient rapidement, puis après il rattrape son souffle et c'est reparti. Pour être poétique, je dirai que son bel oiseau ferait gazouiller n'importe quelle chatte. Lorsque mon chérubin s'endort d'un innocent sommeil, je l'observe en douceur, souhaitant régresser des dix années-lumière qui nous séparent. Des pen-

sées moches envahissent mon jardin, et mon grand moi me chicane et me dit: «Qu'est-ce que tu fabriques avec lui dans ton lit? Tu le sais bien, vieille nouille, qu'il va te plaquer là, un jour, pour une plus jeune et plus jolie que toi. Te voilà encore repartie sur un trip No Future.»

À mon âge, c'est complètement punk. Il me semble que je devrais raisonnablement me marier et faire des petits avec un conjoint mature et sérieux. Mais que veux-tu, les type de mon âge m'ennuient, ils ont tous des problèmes. Les jeunes représentent la fraîcheur, la vitalité. Dans un concert rock, je te défie de me pointer les gars au-dessus de trente-cinq ans qui n'ont pas l'air attardé. En revanche, il y a un tas de jeunes délurés et de filles ouvertes à l'air cool qui affichent encore une saine curiosité sur ce qui se passe à l'extérieur du cocon. Faudrait se caser? Pas question! Pourtant, je rêve du grand amour éternel. Et avec mon jeune, il me semble que je serais heureuse; il pourrait prendre soin de ma vieille carcasse plus tard. J'aurais bien envie de nous caser. Mais mon jeune, comme de raison, ne sait pas trop où il en est dans ses sentiments. Il m'assure seulement qu'il est bien avec moi et me demande de ne pas me casser la tête à chercher à deviner ce que l'on va faire pendant les dix prochaines années. Lui, il voit ça au jour le jour. Tu comprends? Et moi? À trente-cinq ans, j'ai déjà trop vécu de relations au jour le jour! Mon dicton: «Tout pour un frisson.» «Je suis attachée à toi», qu'il me dit.

Je vais t'en faire, moi, des attaches et des

solides! *Syndrôme de la décennie: la peur de l'engagement. Quand c'est enfin moi qui suis prête à m'engager, c'est eux qui sont pas prêts. Inconsciemment, je recherche peut-être ces jeunes gars non engageants. Ah! on ne s'en sort pas! Vais-je demeurer célibandante à vie? Maintenant, bien sûr, Antoine a besoin de moi. Je suis tout de même une femme trippante, plutôt jolie et très expérimentée au lit. Ce qui le divertit davantage de ces jeunes pucelles qu'il fréquentait avant. Les femmes mûres exercent un certain charme, c'est évident.*

En plus, je le sors, je l'introduis dans le jet set, je lui prête ma voiture qu'il ne sait pas très bien conduire parce que, bien entendu, il est inexpérimenté et fauché. Je lui prépare la bouffe qu'il s'empresse de dévorer comme un ogre. Et moi, dinde ravie, je le regarde manger... le monstre! Je l'encourage, lui en ressert... «Un chausson avec ça, mon grand?» Parce que je le sais, une fois repu et satisfait, mon fougueux poulin va me sauter comme une bête! Et j'aime ça à mort galoper avec lui sur les plaines de l'extase. C'est très exaltant de virevolter dans les prairies orgasmiques. Telle une jeune pouliche, je rue dans les brancards et je me dis: «Ciel! qu'il fourre bien!» Sa sève me vigorifie, son sexe me vitaminise. Je plane, je rajeunis. Je me demande alors pourquoi le plaquerais-je? Il est super, ce gars. C'est bon, je vais attendre qu'il me laisse, ça va peut-être prendre un bout de temps. Jusqu'à ma prochaine crise d'insécurité. Ah! et mon combat intérieur reprend entre grand moi et petit moi. À ton avis, devrais-je le larguer ou attendre d'être larguée? Maintenant il se réveille, je te quitte pour le rejoindre, car je dois m'occuper de son érection matinale...

❑

J'ai tardée un peu avant de t'envoyer cette lettre et j'ai bien fait. J'ai reçu ce matin tes aventures avec Dominique. Elle m'a l'air d'une sacré cascadeuse, celle-là. Et décidément, tu commences nettement à te dégourdir. Tes lettres deviennent de plus en plus *juicy. Ce qui va suivre devrait te ravir aussi. J'ai expérimenté un truc super ce week-end. X.T.C. Ectasy! la pilule d'amour! C'est tout simplement un aphrodisiaque insensé pour baiser. Comme de raison, c'est mon jeune qui m'a initiée à cette nouveauté; je ne sais pas si ça existe en France, mais ici, c'est tout nouveau et pas facile à obtenir. Mais Antoine avait des contacts aux États-Unis et à titre expérimental il en a commandé quelques tablettes.*

Bref, quand il m'a proposé d'en prendre avec lui, j'avais tout de même un peu la trouille. Tu me connais, je n'ai jamais été très portée sur le chimique, mon côté grano-santé sans doute. Mais comme il me répétait que c'était un truc sensuel, une pilule d'amour, là... j'étais plutôt curieuse. Finalement, quand j'ai su que Lise et Philippe en avaient consommé et qu'ils avaient trouvé ça hyper le fun:

*fusion des corps, orgasmes, passion et sensualité ex-
trêmes... J'ai pas hésité longtemps.*

*Antoine, rien qu'à penser au trip, se trouve
dans un état érectile des plus intéressants. On a
gobé les petites gélules samedi matin vers 10
heures, avec notre jus d'orange. Ça prend un petit
bout de temps avant d'agir, alors on a décidé d'aller se promener. On était de bonne humeur et le
soleil brillait sur la neige nouvelle. Après une heure,
en traversant le carré Saint-Louis, on sent que quelque chose se manifeste. Nous nous sentons soudain
comme au ralenti, en* slow motion. *Nous ramollis-
sons. Je sens mon sang circuler à l'intérieur de mon
corps; je me sens fluide. Antoine devient lui aussi
voluptueux. Nous nous embrassons sous les arbres.
Le temps semble devenir élastique, nos langues
s'entremêlent. On aurait pu* frencher *pendant des
heures et commencer à se pelotter là, en plein parc,
s'il n'y avait pas eu trois ou quatre robineux pour
nous niaiser. Nous sommes retournés rapido à la
maison. Je me sentais déjà toute chaude. Nous
étions dans un état d'excitation totale. Antoine
éprouvait même de la difficulté à marcher, avec son
érection coincée dans ses jeans serrés. Tout ce que
nous désirions était d'aller nous recoucher vite et
profiter de nos corps. On a plongé dans le lit, après
un strip-tease des plus vifs, on s'est retrouvé à poil
à se dévorer. J'ai jamais ressenti un tel appétit can-
nibalesque pour quelqu'un. J'avais le goût de manger, mordre, embrasser tout son beau grand corps
de jeune homme. Lui aussi me dévorait. Une énergie électrique circulait en nous. Nous étions bien*

branchés sur la même longueur d'onde sexuelle, excités de toutes parts, sensibles à la moindre caresse. C'était tout en douceur. C'est pas speed, ce truc, pas de grosses hallucinations, pas de gros rush. Hypersensuel. Nous n'étions qu'oreilles, yeux, pores de peau tactile et érectile, hyperlucides comme un rayon laser qui enregistre les sensations. On sexeplorait.

Pas un seul orifice de nos corps qui n'ait été négligé par le bout du doigt, du nez, de la langue. On a accompli une exploration hypersensuelle, des trucs fous, comme un cunnilingus au Mister Freeze. Du jamais vu! As-tu déjà essayé le cuni au Mister Freeze, toi? Ça défrise raide! Le froid de la glace, combiné à la gourmandise de la bouche chaude de mon amant, produisait un contraste inouï à l'entrée de ma vulve. À se dérilarynxer! C'est drôle que tu aies mentionné le point G dans ta lettre, parce qu'à 35 ans, avant ce trip de X.T.C., j'en avais vaguement entendu parler comme tout le monde, mais de là à vraiment savoir où il se trouvait... Je croyais même que c'était un mythe. Je me savais vaginale, clitoridienne, buccale, mais gra... bregienne, gra... quoi déjà? Le point G pour Gulliver, peut-être? Mais enfin, maintenant, je sais qu'il existe, et mon jeune explorateur du fond des petites mères aussi! Quand il a introduit ses deux longs doigts dans ma chatte en massant vers le haut sur la paroi interne, tout près de l'os pelvien, le tout a explosé! Et quand je dis explosé, I mean it! Je jouissais tellement, je mouillais tellement que j'ai eu peur de perdre le contrôle et de lui pisser dessus! J'étais d'un laisser-aller total, insensé, inouï! *Je n'avais rien connu d'aussi* hard: *plus* hard *que ça, tu meurs!* Antoine n'en revenait pas, ma jouissance lui dégoulinait des doigts, je coulais telle une fontaine abondante. Mais je ne sais toujours pas si c'est la gélule d'amour qui a déclenché tout ça. Antoine m'affirme que non. Il pense que c'est parce que j'étais très relaxe et très ouverte.

En tous les cas, cet orgasme a été tout de même un moment historique dans ma vie sexuelle. Et ce n'est pas tout, ma vieille. Après ça, mon con ébranlé mais tenace a été de nouveau inspecté à outrance par un dard soudainement irrespectueux et bourru. La défonce! Je me rends compte que le sexe féminin, extrêmement délicat, est d'une robustesse infinie. Je suis capable d'en prendre! Et mon jeune d'en donner, crois-moi! Lui non plus n'est pas prêt d'oublier ma bouche en action, mes doigts en manœuvre, ma langue exploratrice, ma chatte à l'affût. Et son orgasme a dévalé telle une coulée de lave volcanique. Quel super trip de cul! On est resté au lit de 11 heures à 20 heures, sans rien consommer et consumer d'autres que nos corps et quelques Mister Freeze. Orgie! on n'a jamais tant joui de notre vie! Bref, ma Lili, si jamais je retrouve la pilule d'amour, aimerais-tu que je t'en fasse parvenir en France? Imagine tes chauds lapins français après avoir ingurgité cette capsule... ils vont capoter ben raide! Nous, on a adoré. Et mon jeune, franchement, quelle belle découverte! Je vais radieusement bien. À bientôt,

Miss Miou

Chapitre XII

Je me pointe seule au Rose Bud, qui est l'un de mes bars de quartier préférés, même s'il a l'air plutôt ringard. Le Rose Bud, c'est le Stradivarius de la drague! Les archets y sont usés, les violons sont patinés et on y joue aux dames des sérénades mielleuses d'une belle sonorité.

Vendredi soir, j'entre dans ce bar avec appréhension. Mine de rien, pour me donner une certaine contenance, je fais naître sur mon visage l'air dépité de celle qui cherche un gars qui n'est pas encore là, et qui viendra peut-être. Ce qui me permet de promener mon regard vif et photographique au-dessus des têtes. Jacques le moustachu, mon serveur favori, parce qu'il titube en servant et qu'il est marrant, me salue amicalement à la québécoise, avec l'accent français: «Ah bien! Tabernacle! Bonsoir, Lili, ça va?» Je lui commande une menthe à l'eau et me retrouve au bar, *squeezée* entre un type poivre et sel, corpulent, qui se poivre l'âme et deux types éthyliquement intello. Je fais méditativement tourner mes glaçons dans mon verre, qui fondent très lentement, tandis que moi, je fonds d'ennui. Le bar est plein à craquer. Un bruit de fond – musique de jazz à peine audible – se perd dans l'espace. J'essaie de deviner ce qui se joue, et me voilà interrompue dans mes devinettes par le grand Claude, un copain journaliste de *Libé*, que Jacques le barman m'a présenté la semaine dernière.

– Bonsoir, Lili, vous êtes seule? Vous permettez?

Il se glisse près de moi.

– Ma chère, dit-il, j'ai lu votre article dans *Playboy*, vous m'avez agréablement surpris. Je dois vous avouer que c'était assez excitant. Dites, c'est vrai ce que vous racontez? Vraiment, vous n'y allez pas avec le dos de la cuillère, vous avez la plume chatouilleuse et légère. J'ai bien rigolé en vous lisant, j'aime bien votre humour. Écoutez, je suis avec des amis, là-bas, des gens de l'édition, pourquoi ne viendriez-vous pas vous joindre à nous? Ces messieurs sont des éditeurs importants et je suis convaincu qu'ils seraient ravis de faire votre connaissance.

J'accepte. J'avance vers eux avec un sourire large comme une pizza aux pepperonis.

– Bonsoir, madame.

– Lili Gulliver, m'introduis-je en serrant les mains tendres.

Un ange passe un court moment pendant que ces messieurs me dévisagent contemplativement. Claude chasse l'ange et me présente.

– Lili est une collègue journaliste. Elle écrit des nouvelles épicées dans *Playboy.*

Une certaine lueur de curiosité allumée brille dans leurs trois paires d'yeux. Le petit monsieur gris, disons Ti-Gris, m'invite cordialement à partager leur champagne. Le type brun m'offre une cigarette que je refuserais normalement, mais là j'accepte, un peu tendue. Ces messieurs se présentent tour à tour. L'un d'eux décide de tout ce qui se publie aux *Éditions Gallinacées*, l'autre fait de même aux *Éditions Presses de la Ruée.* Oh! *my lord!* Quand je pense qu'il y a des tonnes de manuscrits qui sommeillent sur leurs bureaux et des centaines d'écrivains éveillés qui n'attendent que leurs réponses favorables pour modifier leur rythme de vie! moi, Lili, je suis assise pénarde, à cuver le champagne avec eux, presque copine comme cochon!

Le monsieur brun d'habit et de coiffure, George de son prénom, m'interroge suavement en rapprochant son genou près du mien. Il se râcle la gorge.

– Alors, comme ça, vous écrivez des nouvelles... des nouvelles érotiques, m'a-t-on mentionné?

– Oui, si on veut.

Ce monsieur mature semble spontanément se transformer en vieux beau cherchant visiblement à me plaire. Et moi, légèrement émoustillée par les bulles, je me demande si je dois lui en mettre plein la vue, car il ne demande que ça!

– Vous n'avez jamais pensé d'en faire un jour un livre, mademoiselle? s'enquiert Ti-Brun.

L'idée de faire un livre... tiens pourquoi pas?
– Mais... zoui, que je gazouille. Il me fallait pour
ça rencontrer des éditeurs. En fait, je me propose
de faire un petit guide des plaisirs insolites de *Paris
by night*, un guide de la baise internationale.
Et je déballe ma salade que j'assaisonne à souhait, de quoi le voir saliver.

– Je fais actuellement le tour du monde, et
Paris est ma première escale; j'entends bien me
rendre jusqu'en Australie. Pendant ce voyage, je
tiens un petit journal de bord détaillé et déluré, et
je cherche où se cachent les meilleurs amants du
monde. Mon corps sera une immense carte géogra-
phique sur laquelle des explorateurs de toutes les
nationalités expérimenteront leurs techniques, nouvelles et anciennes. Je deviendrai une sorte d'ency-
clopédie vivante de l'amour.

Les tronches de mes éditeurs s'illuminent, ils
sont tout ouïe et tout ébahis par mes propos. Ti-
Gris se ressaisit et me félicite.

– Vous avez parfaitement raison. Votre projet
est grandiose et ambitieux. Il va sans doute piquer
la curiosité de plus d'une femme. Je vous prévois
le succès, ma chère. Vous savez, toutes les femmes
célèbres ont vécu librement, de façon scandaleuse,
et leurs élans sentimentaux n'ont pas été les seuls
à remplir leur vie. Elles ont connu de l'amour les
plaisirs les plus insolites, les plus libres et les plus
variés. Le meilleur moyen de vaincre les préjugés,
vous le savez, c'est bien de les braver; ensuite, tout
le monde parlera de vous. N'hésitez pas, Lili,

amusez-vous, notez tout, et à votre retour revenez nous voir avec votre roman d'aventures.

Claude me tapote l'épaule, visiblement fier de me compter parmi ses connaissances, et rajoute: «N'est-ce pas qu'elle est ravissante?»

Ravissante, ravissante! Mets-en, car pour l'instant, c'est eux que je trouve plutôt ravissants parce que sous la table, hypocritement, il s'en passe!

Georges me fait du pied et de sa voix éraillée, me susurre: «Ma belle, avec votre projet de guide, vous allez droit au succès, les fantasmes sexuels masculins ont toujours donné la vedette à la séductrice, à la sexualité débordante, et même si celle-ci les effraie parfois, elle les fascinera toujours!»

Là-dessus, on trinque au champagne.

– À votre futur best-seller, Lili!

– Et à mes éditeurs!

– Mais dites-moi, demande Ti-Gris, comment choisirez-vous les heureux candidats, chère amie?

– Judicieuse question! J'ai des antennes et je suis à la trace mon petit doigt, comme un système de radar. Je suis une sourcière et peux repérer le bon coup aussi facilement que les bougies allumées sur les tables d'un restaurant.

Impressionnés, fascinés et intéressés, les éditeurs me toisent, reprennent leurs esprits et Georges me dit:

– Vous avez un sourire si sympathique et un tel humour, en plus d'être intelligente et jolie, que nous sommes convaincus que les candidats à votre guide ne manqueront sûrement pas.

– J'y compte bien.

Pendant ce temps, à table et sous la table, la cuisse de Georges se fait plus pressante contre mon genou, tandis que mon autre jambe est assaillie par les mains du petit monsieur Gris, et mon épaule caressée sporadiquement par Claude, qui a posé au hasard le bras sur le dossier de ma chaise. Ambiance chaleureuse! Me voià bien entourée! En effet, que de candidats potentiels pour le *Guide Gulliver*! Dans quelle galère me suis-je encore embarquée?

– Vous m'avez l'air rêveuse, très chère...

– Oh! Excusez-moi, je suis un peu fatiguée. Je crois bien qu'il serait préférable que je rentre, maintenant, il se fait tard...

– Permettez que je vous raccompagne, m'offre Ti-Gris.

Claude enchaîne:

– Vous allez dans quel arrondissement? J'allais moi-même quitter. Permettez que je vous dépose.

– Vous êtes certaine de vouloir nous quitter?

– Ne vous dérangez surtout pas, George. J'habite pas très loin et j'ai ma voiture en face.

Je venais de faire un mensonge. Déçus, chacun me glisse sa carte, en ayant eu soin d'y inscrire son numéro privé. Jour et nuit, inscrit Ti-Gris. À son âge, il peut toujours rêver! Georges aimerait que je le revoie avant de partir. Je reste évasive... il sent la pipe.

– Claude, on se reverra bientôt, j'espère.

On y compte bien... Au revoir et bonne nuit! Ma soirée s'est donc terminée allégrement. Intéressants, intellectuellement parlant, ces messieurs, mais physiquement pas terribles. Habits défraîchis, coudes rapiécés, cheveux gris rares ou gras. Le look éditeur, quoi!

Dans la rue, je hèle un taxi. Je repense à ma soirée. C'est mon soir de future gloire qu'on a arrosé. Je regagne l'appart des avocats; ils n'y sont pas. J'en profite pour me glisser rapidement au lit et m'endors en projetant mon rêve préféré, celui où je suis interviewée par Bernard Pivot, à *Apostrophe*. Pivot est complètement emballé par le *Guide Gulliver*, il en a encore les mains moites, il m'abreuve de compliments grisants devant toute la France littéraire pendue à ses lèvres. Il prétend que mon livre sera le best-seller de la décennie... S.V.P., ne me réveillez pas!

❏

Le lendemain, remise de mes émotions et de très bonne humeur, je me rends compte que j'ai enfin des éditeurs potentiels pour mon fameux guide. Je vais devoir m'y mettre et me faire mettre très sérieusement! *Le guide Gulliver de la baise internationale* est commencé!

Grâce à mon journal de bord, les lecteurs connaîtront la vie exaltante et essoufflante de Lili Gulliver qui a parcouru le vaste monde et s'est livrée corps (ô combien!) et âme (parfois) à de multiples expériences, insolites et variées. Aventurière libre et jolie, mais aussi salope, garce et gourmande, la cicérone Gulliver leur en fera voir des vertes et des mûres. Du Québec à l'Australie, de la cuisine à la chambre à coucher, ce guide voyage permettra d'observer les mœurs et coutumes à l'horizontale. Nous mangerons dans de grands restaurants, histoire de nous divertir et de récupérer. Hélas! ce guide ne comprendra aucune visite d'églises, de châteaux, de monuments, de musées et d'hôtels de ville! D'autres le feront mieux que moi, j'ai des chats bien différents à fouetter!

Je passerai mes amants à la casserole. Frits, bouillis, sautés, pochés, marinés, et le savoureux *Guide Gulliver* vous les servira à toutes les sauces. Liés côte à côte, vous les retrouverez crus ou cuits et une cote, de une à cinq bites, indiquera leur classification.

Une bite: minimum délire, fade et banal.
Deux bites: plat du jour, ordinaire.
Trois bites: bien relevé, onctueux.
Quatre bites: très bien, coup de feu, chaud devant.
Cinq bites: maximum de délices, au secours! y a le feu!

Pour les adeptes du cunnilingus, il y aura une autre classification, de une à cinq langues.

Une langue: bonne, agréable.
Deux: excellente, vaut le voyage.
Trois: une des meilleures, mérite le détour.
Quatre: quel repas! quelle gourmandise!
Cinq: haute gastronomie!

Au fil des pages du guide *G*, les lecteurs en

baveront et en verront de toutes les catégories, de l'homme des champs au bourgeois, du crooner au rocker, du petit au grand, du triste au comique, du maso au sado, en chair et en sauce, au menu ou à la carte. Les lecteurs n'auront qu'à se laisser emporter par l'odorant fumet de mes amours voyageuses!

Et si jamais, grande auteure spirituelle, je passais à la postérité, je le devrais à la bouffe, à la baise et aux voyages!

Toutes les filles du monde doivent mourir d'envie de connaître où se cache le meilleur amant du monde: existe-t-il vraiment? Les mecs vont se sentir hyperparanos! L'essentiel, avec les hommes, c'est qu'ils se sentent importants; l'homme a un petit ego fragile qu'il faut savoir protéger. L'idéal, j'imagine, serait d'être en mesure d'aimer un homme, sans qu'il ressente le sentiment qu'on lui porte. Pour cela, il faut être fine psychologue et physionomiste. Il faut pouvoir les classer selon leurs mérites et leurs bites. Rendre à César ses lauriers, à Gérard ses oreillers et à Albert, son camembert. Mais surtout, refiler le numéro aux copines! Quant à moi, je me dévouerai et essaierai de leur rendre justice. Et même si ce n'est pas le grand *love* qui me plonge dans les bras d'Untel ou d'un bel admirateur, pour peu qu'il soit mignon, gentil et qu'il soit classé au *Guide Gulliver* dans la section «poids et mesures», je le testerai: ma constitution est assez généreuse pour bien satisfaire et pour retirer satisfaction.

Les lecteurs pourront se fier au guide G, sans

inquiétude. Je procéderai avec sérieux afin de savoir si mes amants méritent la délectable cote de cinq. Beaucoup seront appelés et peu seront élus! Et ceux qui oseront crier à la pornographie, je les classerai tout bonnement dans la louche confrérie des pisse-froid et des pudibonds!

❑

Le plus drôle, c'est qu'ils ont un côté naïf, les hommes. Il faut utiliser leurs armes et jouer le mythe de la bite puissante. Quand je pense à leur réaction future devant mon *Guide Gulliver!* Je sais d'avance qu'ils aimeront tous, bien sûr, y être classés. Ça les rassurerait sans doute de décrocher la merveilleuse cote de cinq bites. Et pourtant s'ils savaient... Comme l'écrivait Erica Young: «Le plus gros pénis n'est rien sans un cœur généreux.»

Bien entendu, il existe ici et là des superbaiseurs, des amants magnifiques, des étalons vigoureux qui font exactement tout ce qu'il faut faire à une femme, aux bons moments, du sur commande et du sur mesure. Préambules obligés sur les zones érogènes pour démarrer, caresses sensuelles, succions du mamelon, doigts plongeurs suivis de pénétration profonde et continue en terre humide. Mais pour peu que cela ressemble à une chorégraphie, à une technique plutôt qu'à un désir intense, c'est le désenchantement. Je crois honnêtement qu'il vaut parfois mieux un homme qui s'excuse d'être venu trop rapidement parce qu'il déborde de désir, qu'une bête de somme qui lime sans arrêt sans se soucier de notre plaisir. Mais ça ils n'ont pas l'air de le savoir encore, les hommes. Pourtant c'est si simple, tout est dans l'intensité du désir que les hommes éprouvent pour nous. En fait, comme plusieurs, je suis nettement plus sensuelle que sexuelle, au risque de décevoir ceux qui recherchent la nympho. Sentir le désir d'un mâle qui me désire est très excitant.

Finalement, je ne suis peut-être pas une vraie consommatrice de bites, pas plus qu'une marathonienne de la chose. Baiser avec un seul homme peut me suffire et me réjouir amplement.

Le seul problème, c'est de trouver le bon amant. Pour trouver le bon, il faut en essayer plusieurs. Alors, le meilleur amant est-il un déménageur africain? un polytechnicien italien? un polyglotte hollandais? un gynécologue français? ou un gourou asiatique? Nous aimerions bien savoir!

Guidée par les phares de ma sensualité, je vais tout classer au *Guide Gulliver!* J'arpenterai en pélerine chérie les voies du désir. Pour l'instant, je ne me risque pas trop au *Big Love* dans ce fou milieu parisien, je n'en éprouve pas vraiment le besoin. J'ai encore du kilométrage à faire. Prochaine escale: Lili chez les Méditerranéens. *Hot stuff*, les hommes du Sud! Machos et tout. Puis ce sera le départ vers d'autres cieux d'une Québécoise ayant pour devise: «D'un athlétique à l'autre».

De la part d'une Québécoise qui s'en souvient... Encore! Encore! et à suivre...

Postface

C'est arrivé à une réception mondaine et très peu littéraire. On lançait je ne sais plus quel écrivain. Une jeune femme s'est approchée de moi, un verre à la main. DANGER! Je vais sûrement recevoir une gifle, comme d'habitude. En effet...

– J'ai lu ton livre.

– Et alors?

– Pas mal, mais tu n'as pas tout dit.

– Tu crois qu'on peut tout dire?

– Tous tes phantasmes sont des trucs de mâle.

– Et alors, merde, j'en ai marre de ces chantages, je suis un homme. J'écris sur ce qui me touche.

– Quand même... me dit-elle avec un sourire énigmatique.

– Écoute, pourquoi tu n'écris pas sur tes propres phantasmes?

– Pourquoi tu t'énerves?

– Je ne m'énerve pas, JE M'EXCITE. Tu ne trouves pas que c'est un sujet excitant?

Comme toujours dans ces trucs mondains, il

suffit que ça commence à devenir intéressant pour que l'imbécile de service arrive.

— Qu'est-ce qui vous excite tant, ciel?

— LE SEXE, merde! Vous ne le saviez pas?

— Ah! moi, le sexe...

Pour ne pas vomir, je me suis tiré, lui laissant la fille. Une longue fille avec une bouche sensuelle. Quelques jours plus tard, j'ai reçu un manuscrit par la poste. Ah! je ne savais pas qu'elle s'appelait Lili Gulliver... Mince, alors!

DANY LAFERRIÈRE

Ce livre est imprimé sur
du papier contenant plus
de 50% de papier recyclé
dont 10% de fibres recyclées.

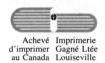

Achevé   Imprimerie
d'imprimer Gagné Ltée
au Canada Louiseville